KB122049

# ATLAS DE BOTANIQUE PARFUMÉE

향수가 된 식물들

# ATLAS DE BOTANIQUE PARFUMÉE

*Jean-Claude Ellena*

*Illustrations by Karin Doering-Froger*

에르메스 조향사가 안내하는 향수 식물학의 세계

# 향수가 된 식물들

장 클로드 엘레나 지음
카린 도어링 프로저 그림
이주영 옮김

아멜리에북스

일러두기

1. 식물 이름 아래 원어는 그 식물과 관련해 향수 업계에서 주로 사용하는 식물을 나타냅니다.
2. 각주는 저자의 원주이며, 역주는 옮긴이라고 따로 표시합니다.
3. 외국 인명과 기관명, 독음 등은 표기법과 다르더라도 관용적으로 쓰는 명칭으로 표기합니다.
4. 책은 국내에 출간된 경우 국내 제목으로, 출간되지 않은 경우 해외 제목을 번역해 싣고 원어를 병기합니다. 다른 매체도 같은 규칙을 적용합니다.

질 라푸주에게

이 책을 만든 우리의 우정 어린 만남에게

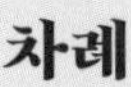

# 차례

## 열매



## 수액



## 씨앗



## 뿌리

# 향기는 천 가지의 말을 품고 있다

처음 수십억 년 전에는 세상이 다양한 향기, 수천 종류의 향기로 가득했다. 어쩌면 세상을 가득 메운 향기의 종류는 수천 가지 이상이었을지 모른다. 천체물리학자인 친구 이자벨 그르니에Isabelle Grenier가 들려준 이야기에 따르면, 우리를 둘러싼 은하계의 허공은 아주 옛날부터 향기 분자들로 채워져 있다고 한다. 듣고 보니 허공이라고 해서 빈 공간이 아니다. 지구에 향기 분자가 얼마나 있는지 제대로 조사가 이루어진 적이 없다.

세계적인 식물학자 칼 폰 린네Carl von Linné는 식물의 모양을 연구했을 뿐 식물의 향기에는 별로 관심이 없었다. 하지만 식물의 모양과 향기는 서로 밀접하게 연결되어 있다. 어느 날 나는 우연히 향기를 기준으로 꽃이나 잎사귀의 종류를 새로 구분하게 되었다. 사실 향기는 색깔이나 소리처럼 그 자체로 구체적으로 존재하지는 않지만 특정한 이미지를 떠올리게 만든다. 예를 들어 우리는 이런 말을 하곤 한다. "장미에서 나는 향 같은데",

"발 냄새 비슷한데", "지하철 냄새 같은데" 등등. 나와 비슷한 생각을 했는지 프랑스 작가 장 지오노Jean Giono는 이런 말을 했다.

"신은 향기를 창조했다. 그리고 인간은 향수를 만들었다. 맨몸의 연약한 인간에게는 자신을 꾸며줄 무엇인가가 있어야 살아남을 수 있기 때문이다. 향수Perfume는 향기와 인간이 더해진 결과물이다."*

장 지오노가 문학 잡지의 서문을 위해 쓴 이 문장이 너무나도 강렬하게 다가와 몇 번이고 읽고 또 읽었다. 그의 통찰력에 마음을 빼앗긴 나는 눈을 빛내며 그다음에 이어지는 여섯 페이지의 글을 읽으며 즐거운 여행을 했다.

인간이 이토록 멋진 직감과 통찰력을 갖고 글을 쓰다니 새삼 향수가 대단한 의미로 다가왔다. 아직 젊은 나이라 여러모로 어설펐던 나였기에 장 지오노의 능력이 부러웠다. 지금까지 그 어떤 작가도 향기와 향수의 차이점을 이렇게 명확하게 알려준 적이 없었다. 영감을 주는 장 지오노의 글을 숨을 힘껏 들이마시듯 깊이 음미하며 읽고 또 읽었다. 행복했다.

그러니까 처음에는 숲, 뿌리, 잎사귀, 꽃, 과일, 수액(레진), 씨앗, 그리고 산소, 수소, 탄소가 있었다. 사람마다 신념에 따라 이 모든 것은 신이 만들었다고 생각할 수도, 자연이 만들었다고 생각할 수도 있다. 조향사들은 이 재료들을 활용해 향수를 만들 것이다. 신이든 자연이든 단계에 따라 이러한 산물들을 만들면서 성공도 하고 실수도 하며 시행착오를 즐겼을 테고, 그 과정에서 특이한 식물들이 탄생했을 것이다. 간혹 고약한 냄새가 나는 식물들도 생겨났을 것이다. 인도네시아 수마트라섬에 서식하는 '라플레시아Rafflesia'** 같은 식물 말이다. 이 식물은 어마어마한 크기를 자랑하는데 시

* 장 지오노, 《일기, 시, 에세이*Journal, poèmes, essais*》, 1995

** 프랑시스 알레Francis Hallé, 《서정적인 식물들의 지도*Atlas de botanique poétique*》, 2016

체가 썩는 듯한 냄새를 풍기는 것으로 유명하다. 절대로 향수 재료로는 사용할 수 없을 정도로 악취가 심하다.

처음에는 애송이에 불과했던 인간은 점차 신과 자연을 모방해 만물의 이치를 이해하고 싶어 하면서 에센셜 오일이나 향수를 만들었다. 에센셜 오일과 향수 같은 단어들은 그냥 우연히 만들어진 것이 아니다. 이를 만들기 위해 인간은 처음에 식물을 사용했고, 나중에는 화학물질을 사용했다. 사람에게도 안 좋은 냄새가 난다(본인은 모르겠지만). 다행히 향수는 좋은 취지를 가진 인간이 만든다. 냄새가 원래 그리 좋지 않은 재료라고 해도 조향사들은 결국에는 좋은 향기를 뽑아낼 수 있다. 생각지도 못한 냄새가 간혹 좋은 향수를 만드는 데 사용되기도 한다.

조향사들은 향기가 천 가지의 말을 품고 있다고 생각한다. 그래서 그들은 귀를 기울여 각 향기가 전하려는 말을 이해한 후에야 핵심에 다가간다. 향기는 복잡하고 신비로워서 사랑받는다는 확신이 들지 않으면 절대로 자신을 내보이지 않기 때문이다.

장 클로드 엘레나

"내적인 것에 관심이 생기면 이러한 것이
어떠한 배경에서 만들어졌는지 알고 싶다는
열정적인 호기심이 자연스럽게 우러나온다."

폴 발레리Paul Valéry,
《자크 두세에게 보내는 편지*Lettre à Jacques Doucet*》, 1922년 7월

조향사마다 향을 분류하는 나름의 기준이 있다. 조향사들이 정한 이러한 분류 기준은 오랜 세월 동안 경험하며 얻은 향에 대한 노하우가 쌓여서 만들어진 것이다. 이 책에서는 향에 접근할 때 서정성과 지역성 그리고 식물 종류를 기준으로 하려고 한다. 나는 향을 묘사하면서 그 향에 얽힌 따뜻한 추억과 그 향이 나온 식물의 원산지를 다룰 예정인데, 여기에 향이 추출된 식물의 부위까지 소개하고 있어 향 입문서로서 손색이 없다.

향에 대해 알아가다 보면 몇 가지 놀라운 사실을 발견하게 될 것이다. 예를 들면 아이리스(붓꽃)의 경우 꽃이 아니라 뿌리에서 향이 나온다. 제비꽃은 제라늄처럼 정작 꽃에서는 아무런 향도 나지 않아 잎에서 향을 추출한다. 당근의 향은 뿌리가 아니라 씨앗에서 나오고, 파촐리의 향은 나무가 아니라 잎에서 나온다. 이처럼 향을 발견하고 이해하는 방법은 무궁무진하다.

"몸통, 가지와 뿌리로 이루어진
커다란 식물은 수액, 섬유질,
세포조직을 조종하는 배와 같다."

—《라루스 백과사전》

# 나무와 껍질

2019년 4월 15일, 텔레비전과 휴대폰 화면 앞에서 전 세계 사람들은 경악을 금치 못했다. 노트르담 드 파리 대성당의 첨탑 부분이 불에 타 무너져 내리는 것이 아닌가. 첨탑을 이루던 아름다운 샹파뉴산 참나무 500톤은 그렇게 시커먼 연기 속으로 사라졌다. 연기구름을 피우던 뾰족한 첨탑이 나무와 납으로 이루어져 있다는 사실을 아는 사람은 그리 많지 않았다. 그런데 파리 시내에 나무 타는 냄새가 진동했음에도 냄새에 대한 이야기는 그 어디에서도 들려오지 않았다. 하물며 벽난로에 불이 나도 집 안이 온통 나무 타는 냄새로 진동하는데 말이다.

나무는 건축용 목재, 공사용 목재, 세공용 목재, 가구용 목재, 현악기 제조용 목재 등 종류에 따라 고유한 향이 있다. 어떤 나무는 그 향이 강하고 어떤 나무는 은은하다. 그래서 장인과 예술가들은 향으로 건축에 사용된 나무 종류가 무엇인지 알아챈다. 특히 나무를 조각의 주재료로 사용하는 이탈리아 미술가 주세페 페노네Giuseppe Penone의 작업은 놀라움 그 자체다. 50년 동안 나무를 정성스럽게 조각해 나무의 구조를 그대로 보여주는 작품을 선보인 것이다. 그의 예술은 시간이 지날수록 발전을 거듭하고 있다.

이제 주세페 페노네는 삼나무와 자작나무, 벚나무, 무화과나무의 정체성을 소리로 표현하려고 한다. 나무의 구조를 소리로 들려주려는 시도다. 실제로 이탈리아어에서는 '듣다sentire'와 '느끼다sentire'를 따로 구분해서 쓰지 않는다. 나 역시 조향사로서 언젠가 주세페 페노네로부터 나무들의 향 이야기를 듣고 싶다.

# 백단

# Santalum album L.

1960년대 인도산 백단의 몸통과 뿌리를 가득 실은 트럭들이 앙투안 쉬리Antoine Chiris의 건물 앞에 도착했다. 앙투안 쉬리는 프랑스 남부 그라스Grasse의 최대 향수 회사다. 18세기는 수도원으로 사용되다가 20세기에 향수 회사의 본사가 된 앙투안 쉬리의 건물은 현재 '정의의 궁전'으로 통한다. 신과 인간 그리고 향수 사이에서 균형을 유지하는 곳이라는 뜻이다.

'샌들우드'라고 불리는 백단은 돌처럼 단단하고 묵직하며 색은 거의 흰색에 가까울 정도로 아주 흐리다. 증류법으로 백단에서 향을 추출하려면 먼저 백단을 잘게 토막 내야 한다. 창고에서는 백단을 자르는 기계 소리로 시끄러웠으나 백단에서 풍겨 나오는 향기가 건물 전체와 주변 정원으로 퍼져나갔다. 증류법으로 추출된 백단에서는 나무 특유의 포근한 향과 말의 소변 냄새가 섞여서 났다. 그 향을 맡으면서 부드럽고 중독성이 있다고 생각했다. 당시에 나는 아직 조향사는 아니었지만 그때 맡은 백단의 향은 머릿속에 각인되어 단 한 번도 잊히지 않았다.

4만 년 전부터 인도에서 알려진 백단은 원래 산스크리트 경전에서는 이름이 '찬다나Chandana'였다. 프랑스어로 '상탈Santal'이라고 불리는 백단의 주요 서식지는 인도 남부인데, 동티모르민주공화국에서도 많이 보인다.

백단은 잘 썩지 않고 향이 좋아 중국에서 조각상 제작, 사원 건설, 제사용 향로에 사용되었다. 이집트에서는 백단을 항상 토막으로 잘라 시신의 부패를 막는 방부제로 사용했다. 이후에 백단은 이슬람식 장례의식에도 사용되었다. 이슬람식 장례의식에서는 백단 조각이 가득 채워진 향로를 죽은 사람의 발 앞에 놓는다. 죽은 사람의 영혼이 향로에서 나오는 연기에 이끌려 자리에서 일어나 천국으로 간다는 믿음이 있어서다. 하지만 인도에서 백단을 사용해 화장하는 일은 그리 흔하지 않다. 오직 부유층 가문만이 누릴 수 있는 사치이기 때문이다. 다만 전통적으로 인도의 가정에서는 장작더미 위에 백단 토막을 하나 올려놓는다.

백단이 많이 벌목되는 이유는 장작용 땔감으로 사용되기 위해서가 아니다. 백단으로 만든 에센셜 오일의 수요가 매우 높아서다. 사시사철 푸른 백단은 높은 곳에서 자라므로 건조한 기후와 잘 맞고 키가 12~15미터까지 자랄 수 있다. 수명은 짧은 편이지만 드물게는 100년 넘게 살기도 한다. 백단은 심고 나서 20년이 지나야 사용할 수 있기 때문에 때가 되면 규칙적으로 심어야 한다. 백단에서 최초로 에센셜 오일을 생산한 회사는 1917년 인도의 마이소르Mysore에서 문을 열었는데, 당시 마이소르 왕국의 수도였던 마이소르는 이후 인도 남서부 카르나타카주의 수도가 되었다. 마이소르 왕국은 그곳에서 자라는 백단에 왕국의 이름을 붙여 '마이소르 백단'이라고 불렀다. 마이소르 백단에서 추출된 에센셜 오일은 시간이 오래 지나도 그 섬세한 향을 잃지 않는 것으로 유명하다.

이제 그라스에서는 더 이상 증류법을 사용해 백단에서 향을 추출하지 않는다. 기술이 발달하면서 주물 제작 도시로 유명해진 그라스에서 새로운 증류 기술이 개발되었기 때문이다. 덕분에 향수 회사들은 다양한 천연 재료를 사용해 최고의 품질을 자랑하는 제품을 만들 수 있게 되었다. 백단이 향수에 사용된 역사는 100년밖에 되지 않는다. 100년이면 백단의 최장 수명이다. 이후 인도 정부가 에센셜 오일 생산을 통제하면서 공급이 수요보다 적어졌다. 그러자 백단이 호주에서 대규모로 재배되었다.

호주는 두 종류의 백단을 길렀다. 하나는 인도의 백단과 차이가 없고 향도 비슷한 샌들우드Santalum album였고, 또 하나는 인도의 백단보다는 향의 품질은 떨어져도 가격은 매우 합리적인 호주 야생 백단Santalum apicatum이다. 뉴칼레도니아의 백단Santalum austrocaledonicum은 새로 심은 품종인데, 인도의 백단과 품질은 비슷하지만 생산량이 일정하지 않다는 단점이 있다.

백단 오일의 성분은 80퍼센트가 알파와 베타 산탈롤이다. 화학자들은 백단의 오일에 화학물질을 섞는 실험을 했다. 처음으로 실험 대상이 된 화학물질은 1947년 스위스의 대표 향료 및 향수 제조사인 지보단Givaudan이 개발한 '이소보르닐사이클로헥산올Isobornylcyclohexanol'이었다. 이소보르닐사이클로헥산올이 섞인 백단 오일은 백단 자체의 자연산 오일과 구성은 비슷하지만 향이 다르다. 확실히 화학물질이 섞인 백단 오일은 자연산 백단 오일에 비해 향이 덜 부드럽고 덜 감미로우며 색도 우윳빛이 아니다. 그러나 이소보르닐사이클로헥산올이 섞인 백단 오일은 자연산 오일에 비해 가격이 100배나 저렴하기 때문에 가장 많이 사용되는 화학물질 중 하나가 되었다. 이후에는 기능성이 뛰어나고 향이 강한 새로운 화학물질들이 탄생하면서 비누와 세제의 향에 사용되었다. 새로운 화학물질은 섬유에 달라붙으면 좋은 향을 내는 장점이 있어서다.

나는 젊었을 때 백단 향을 매우 좋아했다. 하지만 정작 향수를 만들 때는 백단이 가장 선호하는 재료는 아니었다. 강렬하지 않고 은은하게 서서히 퍼져나가는 백단의 향은 마치 게으름뱅이처럼 느껴진다. 백단에 화학물질이 들어가면 양파 냄새까지 난다. 나는 개인적으로 삼나무나 베티베르(뿌리 부분)처럼 단번에 느껴지는 향이나 파출리(잎사귀 부분)처럼 강렬한 향을 선호한다. 베티베르와 파출리가 조향사들이 많이 사용하는 재료가 된 까닭도 여기에 있을 것이다. 1989년 장 폴 겔랑Jean-Paul Guerlain이 만든 향수 '**삼사라**Samsara'는 자연산 백단과 화학물질이 섞인 백단이 가장 많이 들어가 있는 향수다. 향수 이름 '삼사라'는 불교의 윤회 사상을 의미하는데, 거듭 태어나는 윤회처럼 사람들이 이 향수를 거듭 뿌리고 또 뿌리고 다녔으면 좋겠다는 바람이 깃들어 있다.

# 계피

# Laurus cinnamomum, Laurus cassia

계피는 중세 시대에 처음 등장했다. 네덜란드에서 처음 발견된 계피는 'caneel(카넬)'이라고 불렸는데 이후 카넬은 프랑스어 'canele'로 불리다가 'canelle'을 거쳐 마침내 'cannelle'로 표기가 정착되었다. 계피의 종류는 크게 두 가지다. 현재 스리랑카가 원산지인 실론계피Laurus cinnamomum L.와 중국계피Laurus cassia L.다.

야생 실론계피는 키가 15미터 넘게 자라기도 한다. 이후 관목용으로 재배된 실론계피는 껍질에서 쉽게 향을 추출할 수 있게 되었다. 실론계피는 반들반들하고 질긴 커다란 잎으로 가득한데 그 모양이 월계수와 비슷하다. 작은 꽃송이에서 향이 나지만 지금까지 한 번도 맡아보지 못한 묘한 냄새라 그리 좋은 냄새라고 할 수는 없다. 실론계피는 스리랑카와 자바섬, 모리스섬, 마다가스카르섬, 세이셸섬에서 자란다.

실론계피의 실제 원산지가 어디인지는 오랫동안 알려지지 않았다. 고대 시대에는 소셜 네트워크가 존재하지 않았으니 말이다. 원산지가 미스터리하다는 이유로 실론계피의 몸값은 나날이 높아졌는데, 13세기에 마르코 폴로Marco Polo의 기록(엄밀히 말하면 인터넷의 시작이라 할 수 있다)이 나오면서 실론계피의 서식지를 둘러싼 의문은 마침내 종지부를 찍었다. 마르코 폴로의 기록에는 다른 향신료들에 대한 묘사도 함께 실려 있다. 그 기록에 따르면, 베네치아 사람들은 오랫동안 계피 수입을 독점하며 막대한 부를 쌓았는데, 탐험가 바스쿠 다가마Vasco da Gama가 희망봉을 통해 인도로 가는 길을 발견하면서 그들의 이 같은 독점적인 위치에 변화가 생겼다. 이 항로 개척을 통해 포르투갈 사람들이 16세기 실론(스리랑카의 옛 이름)에서 향신료 무역을 독점하게 된다.

몇 차례의 전투를 거친 끝에 향신료 시장은 새 주인에게 자리를 넘겨주는데 바로 네덜란드 사람들이었다. 당시에만 해도 향신료는 야생 나무에서 얻을 수 있었지만, 18세기가 되자 네덜란드인들은 계피를 아예 재배하기로 결심했다. 계피에 대한 수요가 나날이 높아지자 자연 수확으로는 그 수요를 맞추는 데 한계가 있었기 때문이다. 독점 생산이 가능해지자 네덜란드 사람들은 가격이 떨어진 계피 묶음에 불을 질러 무자비하게 불태워 버리기도 했다. 하지만 영국인들이 실론섬을 지배하면서 계피 재배 범위를 넓혔고, 계피의 껍질뿐만 아니라 다른 부산물도 수출하기 시작했다. 그 결과 계피 생산량은 세 배나 늘어났다. 양과 질 사이에서 선택이 이루어진 셈이다.

19세기에는 계피 생산의 독점 시대가 막을 내렸다. 현재 질 좋은 계피 에센셜 오일은 주로 스리랑카에서 생산되고, 계피 잎에서 추출되는 에센셜 오일은 세이셸공화국에서 생산된다. 중국계피는 중국에서 재배되는 계피나무에서 얻을 수 있다. 키가 15미터를 넘기도 하는 중국계피는 나이가 열 살 정도가 되면 껍질을 벗길 수 있는데, 껍질을 벗기는 작업은 여름에는 잠시 중단되었다가 다시 이어진다.

중국계피는 가격이 저렴하기 때문에 미국을 중심으로 한 영미권에서 특히 많이 사용한다. 시남알데하이드Cinamaldehyde와 벤즈알데하이드Benzaldehyde가 많이 들어 있는 중국계피는 실론계피보다 맛이 강하고, 향과 맛은 씁쓸한 아몬드와 비슷하다. 유럽은 가격이 더 비싸도 맛과 향이 상대적으로 더 부드러운 실론계피를 선호한다.

중국계피는 정향과 생강, 육두구와 함께 '카트르 에피스quatre epices, 네 가지 향신료'라고 불리는 프랑스의 대표 혼합 향신료다. 카트르 에피스라는 이름은 원래 자메이카의 칠리베리에서 추출한 향신료에서 나왔다. 자메이카의 칠리베리나무는 정향나무처럼 크고 서인도 제도와 중앙아메리카에서 자라는데, 콜럼버스가 발견해 유럽으로 가져왔다. 이 열매는 훗날 영국인들이 '올스파이시즈All-Spices, 모든 향신료'라는 별명으로 불렀는데, 계피와 정향, 육두구, 후추와 비슷한 향이 나기 때문이다.

맛은 향과 연결되어 있다. 어느 날 한 미국인 조향사가 창의적인 아이디어를 떠올렸다. 칠리베리 열매를 코카콜라의 재료인 열매와 블렌딩해 1938년에 '**올드 스파이스**Old Spice'라는 향수를 만든 것이다. 이 향수를 출시한 회사 셜턴Shulton은 현재 프록터 앤드 갬블 그룹의 소유다. 원래 유럽의 향수 업계에서 계피는 잘 사용하는 원료가 아니었다. 그런데 조향사 에드몽 루드니츠카Edmond Roudnitska가 에르메스에서 처음 출시한 향수 '**오 데르메스**Eau d'Hermès, 에르메스의 물, 1951'에 계피 성분을 썼다. 이 향수는 여성의 가죽 핸드백 속 세계를 탐험하자는 독특한 테마를 내세웠다.

# 삼나무

# Juniperus virginiana

향수에 사용되는 삼나무의 종류는 여러 가지다. 텍사스삼나무Juniperus mexicana, 가죽 신발 냄새가 나는 아틀라스삼나무Cedrus atlantica, 최근에 향수 재료로 주목받고 있으며 사이프러스 종류에 가까운 알래스카삼나무Cupressus nootkatensis가 대표적이다.

내가 선호하는 것은 '버지니아 주니퍼'라고 불리는 삼나무다. 연필 냄새, 아니 그보다는 샤프와 볼펜을 만드는 스위스 회사 까렌다쉬 본사의 창고 냄새가 나기 때문이다. 참고로 까렌다쉬는 '연필'이라는 뜻의 러시아어 Karandash카란다시를 필명으로 사용한 19세기 프랑스인 삽화가에서 따온 이름이다.

스위스에서 몇 년간 일했을 때 나는 우연히 까렌다쉬 본사의 창고 앞을 지나게 되었는데 그때마다 마음이 자석처럼 이끌렸다. 창고에서 새어 나오는 삼나무의 향은 묵직하면서도 날카롭고, 애매하면서도 강하고, 코끝을 찌르면서도 부드러워서 하얀색 빵, 특히 하얀색 빵의 껍질을 떠올리게

했다. 서양삼나무는 여러 가지 매력을 갖추고 있다. 그래서 나는 삼나무를 재료로 사용해 까르띠에Cartier의 '**데클라라시옹**Déclaration, 선언, 1998', 라티잔 파퓨머L'Artisan Parfumeur의 '**브와 파린**Bois Farine, 밀나무, 2003', 에르메스Hermes의 '**떼르 데르메스**Terre d'Hermès, 대지, 2006'라는 향수를 만들었다.

브와 파린은 개별 주문을 받아 판매했는데 이 향수의 테마는 '여행하는 조향사가 훔친 향'이었다. 나는 고객들의 취향에 맞는 향수를 만들기 위해 늘 수첩에 아이디어를 빼곡하게 적고 자주 그 수첩을 펼쳐본다. 그러다가 내 눈이 멈춘 곳이 꽃나무 루이지아 코르다타Ruizia Cordata였다. 이 꽃나무에 대해 내가 적은 메모는 '밀가루 냄새'였다.

출장을 갔을 때 시간 여유가 잠깐이라도 생기면 나는 식물원에 가곤 했다. 식물원은 조향사에게 아이디어로 가득한 보물 창고와 같은 곳이다. 밀가루 냄새가 나는 꽃을 발견한 나는 선물을 받은 것처럼 기뻤는데, 어쩌면 그것이야말로 내가 자연에게서 받은 최고의 선물인지도 모른다. 새로운 발견에 들뜨고 행복해진 나는 대표에게 전화를 걸어 미래의 향수에 붙일 이름을 미리 알려주었고 승낙까지 받았다. 참고로 사용할 밀가루 한 봉지도 샀다. 귀리 향이 나는 화학물질 오리본Orivone과 버지니아삼나무, 백단을 블렌딩하니 감성을 자극하는 향수가 만들어졌다. 그 향수가 브와 파린이었다.

에르메스의 향수 떼르 데르메스에는 삼나무 추출물이 많이 들어갔다. 아일랜드의 풍경을 배경으로 땅에 꽂힌 푯말의 이미지를 만들어내는 것이 이 향수의 테마였다. 꼿꼿하게 서 있는 푯말은 주변에 사람이 산다는 뜻이다. 푯말이 없으면 땅은 그저 자연 상태의 땅으로 돌아간다.

버지니아삼나무는 '버지니아노간주나무'라는 이름으로도 불린다. 이 나무는 북미에서 서식하는데, 뿌리가 단단해 황무지와 건조한 땅에서도 잘 자라고 살아남는다. 버지니아삼나무는 17세기에 정원수로 유럽에 들어왔다. 자라는 속도는 느려도 무려 300년은 거뜬히 살 수 있고, 키는 최대 20미터까지 자란다. 쓰임새가 다양해서 울타리는 물론이고 가구뿐만 아니라 구두 뒤축, 좀약을 만들 때도 사용된다. 버지니아삼나무의 톱밥은 향수와 에센셜 오일을 만드는 데도 사용된다.

# 참나무 이끼

## Evernia prunastri

인간의 역사는 놀라운 일과 감탄을 자아낼 만큼 신기한 일들로 가득하다. 참나무 이끼가 처음 사용된 곳은 고대 이집트로 추정된다. 사후 세계의 영원한 삶을 동경했던 이집트에서는 시신을 방부 처리하고 미라로 만들기 위해 시신의 몸속을 참나무 이끼로 채웠다. 주검을 미라로 만드는 과정은 70일이나 걸렸다.

시신을 처리할 때 참나무 이끼를 사용한 이유는
죽은 사람이 영원불멸의 강에
도착할 수 있다는 믿음 때문이었다.
사후 세계까지의 여정은 길었다.
시체 방부 처리사들은 참나무 이끼가
방부제 작용을 할 뿐만 아니라
기분 좋은 향을 오랫동안 풍긴다는 사실을 알았다.

이로부터 3000년 후, 이번에는 조향사들이 참나무 이끼를 사용했다. 조향사들도 이집트의 시체 방부 처리사들과 같은 이유로 참나무 이끼를 사용했다. 향이 몇 달 동안 지속된다는 이유에서였다.

역사에 따르면 참나무 이끼는 15세기에 헤어파우더를 만드는 데도 사용되었다. 참나무 이끼를 사용하면 머리카락에서 좋은 향이 풍기고 적당한 건조함과 모발 건강을 유지할 수 있었다. 당시에는 사람들이 머리를 자주 감지 않았다. '시프레의 파우더'라 불리기도 하는 헤어파우더는 녹말가루와 참나무 이끼 가루로 만들어졌다. 특히 참나무 이끼 가루는 머릿니를 죽이는 효과가 있었다. 분첩에 참나무 이끼를 넣으면 오랫동안 깊은 향이 풍겨 나왔다.

이처럼 참나무 이끼는 아주 오래전부터 여러 용도로 사용되었다. 스페인에서는 호흡기 질환과 복통을 고쳐주는 탕약으로 쓰였고, 상처 염증을 가라앉히는 찜질용으로도 쓰였다. 참나무 이끼는 가격도 그리 비싸지 않다. 특히 스페인 향수 회사들은 참나무 이끼나 소나무를 유독 많이 사들였다. 스페인 향수 회사들이 왜 참나무 이끼를 가장 많이 구입한 고객이 되었는지는 정확히 알 수 없으나 흥미로운 사실임에는 틀림없다. 비누 역시 오드뚜왈렛eau de toilette*과 마찬가지로 참나무 이끼, 라벤더, 제라늄이 어우러진 향이 난다. 마자 드 미루지아Maja de Myrugia와 헤노 드 프라비아Heno de Pravia는 여전히 유럽인들에게 가장 익숙한 이름의 비누다.

나는 향수 업계에 처음 발을 들인 지 얼마 지나지 않아 참나무 이끼 성분을 추출하는 일을 맡았다. 1960년대만 해도 참나무 이끼 성분이 든 향수에 대한 수요가 아주 많았기에 직원들은 매일 3교대제로 일했다. 당시

* 향기 화장수라고도 부른다. 향수보다는 순도나 향료 농도가 적고, 오드콜로뉴보다는 많다. —옮긴이

열여섯 살이었던 나는 야간 조에 속했다. 안전 문제도 있고 해서 우리 팀은 항상 두 명이 한 조가 되어 추출 장치를 날랐다. 모로코와 유고슬라비아에서 수입되어 차곡차곡 쌓인 이끼 자루들이 1미터 높이로 쌓인 큐브처럼 보였다. 자루 끈을 풀고 이끼들을 바닥에 펼쳐놓은 후 물뿌리개로 수분을 공급했다. 이끼 성분을 쉽게 추출하려면 꼭 거쳐야 하는 과정이었다.

이끼는 물에 푹 젖으면 안 되기 때문에 호스는 사용할 수 없었다. 이끼 자루 하나에 적당한 수분을 공급하려면 물뿌리개 두 개에 담긴 물의 양이 적당했다. 추출기에 한 번에 넣을 수 있는 이끼의 분량은 최대 세 자루였다. 작업이 끝나면 우리 팀은 잘게 찢긴 이끼 더미 위에 담요를 깔고 그 위에 이끼 자루들을 올려놓았다. 그리고 이끼 자루를 베개 삼아 잠을 잤다. 아침이 되면 담요를 다시 접어 이끼 자루들 사이에 넣어놓고 저녁에 야간 조로 일할 때 이끼 자루들을 풀고 다시 작업했다.

그러고 나면 손과 팔, 가슴, 다리에서 이끼 냄새가 진동했다. 그래도 나는 왠지 그 냄새가 좋았다. 특히 참나무 이끼의 냄새는 여성의 아랫도리를 덮은 보송보송한 털에서 나는 냄새와 비슷해 묘하게 마음에 들었다. 이 일을 한 지 3개월 이후부터는 주문이 밀려들던 시기가 조금 안정되어 매일 2교대제로 근무하게 되었다. 여름이었으니 환영할 만한 변화였다. 당시 한창 젊었던 나는 밤에는 공장에서, 낮에는 칸 해변에서 시간을 보내는 이중생활을 즐겼다.

시간이 흘러 내 분야에서 업무적으로 인정을 받으면서 그라스에 있는 어느 큰 향수 회사로부터 방문 초대를 받았다. 방문한 회사에서 이끼들이 보관된 방을 견학했던 게 특히 기억에 남는다. 칠판 위에는 내가 향수를 만들 때 사용한 이끼 앱솔루트*의 이름과 성분이 적혀 있었다. 나는 아무

* 식물에서 용매 추출로 뽑아낸 최종 물질. —옮긴이

말도 하지 않고 그저 흐뭇한 미소를 지으며 그 회사를 나왔다. 향수를 만들 때 배합한 성분을 비밀로 간직한 채로 말이다.

그날 새롭게 배운 것이 있다. 향수에 사용되는 이끼의 품질은 추출 장치에서부터 결정된다는 사실이다. 하지만 이후 이끼 성분은 알레르기를 유발할 위험성이 있어서 향수를 만들 때 거의 사용되지 않았다. 이끼 성분이 향수 업계에서 퇴출되다시피 하면서 이끼 성분을 추출하는 노하우도 역사 속으로 사라졌다.

"잎사귀는 식물의 줄기에서 옆으로 퍼진다.
모양은 납작하고 가운데 선을 중심으로
양쪽 대칭을 이루며
현재 있는 시공간에 맞는 크기로 자란다."

—《라루스 백과사전》

# 잎사귀

우리는 꽃을 보면 황홀해하며 소중한 마음을 간직한 채 애정 어린 눈으로 바라보고 코를 가져가 향기를 맡는다. 꽃은 특히 그 향기 덕분에 더욱 귀하고 우아하며 아름다운 존재가 된다. 향신료로 사용되는 씨앗은 숭배와 정리, 수집, 그리고 보호의 대상이 된다. 반면 잎사귀는 이 두 경우와 조금 다르다. 우리는 잎사귀를 따고 자르고 부수고 찢는다. 잎사귀는 어떻게 다뤄지든 어떠한 목적으로 꼭 사용된다. 향이 나는 식물은 '방향성 식물'로 쓰이고, 맛을 내는 식물은 오랫동안 '서민들의 향신료'로 쓰였다.

중국인들은 창가에 박하 식물을 놓고 기른다. 이렇게 기른 박하는 요리의 향과 풍미를 높이는 데 사용된다. 인도인들은 고수를, 이탈리아인들과 그리스인들은 바질을, 독일인들은 실파를 창가에서 기른다. 꽃과 향신료 혹은 잎사귀와 맺는 관계는 나라와 문화, 사람마다 다르다.

잎사귀는 머나먼 곳이나 이국적인 곳을 여행하는 출발점이 되기도 한다. 그런데 향수에 사용되는 잎사귀는 대부분 우리 곁에 있는 정원에서도 발견된다. 정원이 없는 사람이라 해도 과일과 채소를 파는 가게에서 쉽게 볼 수 있다.

유명한 정원사이자 조경사인 내 친구 장 뮈Jean Mus는 프랑스 남부 지역 정원에서 볼 수 있는 소박함이 특히 좋다고 이야기한다. 소박함을 자랑하는 남부 지역의 정원은 북부 지역의 정원에 비해 식물의 색채가 다양한 것이 특징이다. 북부 지역 정원에서 자라는 식물은 꽃 색깔이 화려한 반면 남부 지역 정원에서 자라는 식물은 색깔이 은은하다. 친구와 마찬가지로 지중해 출신인 나 역시 화려한 꽃보다는 소박한 풀과 식물, 관목을 더 선호한다. 풀과 식물 그리고 관목의 잎사귀는 손가락 사이에 끼워 비벼야 겨우 향을 느낄 수 있는데, 반전은 그때 풍겨 나오는 향만은 소박한 겉모습과 달리 무척 강렬하다는 점이다.

# 락로즈

# Cistus ladaniferus

때는 1874년. 독일의 화학자 페르디난드 티만Ferdinand Tiemann과 빌헬름 하르만Wilhelm Haarmann은 인공 바닐라 성분인 '바닐린Vanilline'을 발명했다. 독일이 발명한 이 화학물질에 프랑스가 창의력을 보탰다.

어느 날 엉뚱한 호기심을 가진
어느 프랑스인 조향사가
바닐린을 락로즈에서 나오는
랍다넘labdanum 추출물과 섞으면
어떻게 되는지를 실험한 것이다.
모카 아이스크림을 탄생시킨
커피와 바닐라의 조합을
조향에 적용시킨 아이디어였다.

그 프랑스인 조향사는 결과가 어떻게 나올지 미리 알고 모험을 감행한 것일까? 잘 모르겠다. 어쨌든 그 프랑스인 조향사가 이후 향수 업계에 한 획을 그은 가장 독보적인 길을 만든 것만은 확실하다. 100년이 넘도록 후배 조향사들이 그가 열어놓은 길을 따르고 있기 때문이다.

바닐린과 랍다넘 추출물이 만나 탄생한 것이 앰버Amber, 용연향다. 앰버는 돌처럼 생긴 덩어리로, 대개는 향수의 재료가 되는 원석이자 수액이라고 알고 있다. 하지만 틀렸다! 앰버는 3300만 년 전 신생대 제3기의 중기에 속하는 올리고세의 침엽수에서 나온 화석화된 나무 수지로 원래는 아무런 향이 나지 않았다. 자체적인 향이 없었다는 이야기다. 그러니 앰버가 향수에 사용된 것은 그리 오래된 일이 아니다.

원래 앰버는 목걸이, 팔찌, 지팡이 끝부분을 만드는 데 사용되던 원석이었다. 더구나 앰버는 벌레들의 서식지이기도 해서 벌레들이 사는 앰버가 나오는 공포 영화도 있었다. 나 역시 어릴 때 벌레들이 사는 앰버가 나오는 공포 영화를 보고 무서워서 울었던 기억이 있다.

앰버의 종류 중에 앰버그리스ambergris가 있다. 향유고래의 장 내에서 배출되는 회색의 향료 물질이다. 향유고래가 체외로 내보낸 배설물인 앰버그리스는 바다 위를 떠돌다가 해변에 밀려와 쌓일 때도 있다. 앰버그리스는 사용이 금지된 재료가 아닌데도 조향사들에게 더 이상 선택되지 않는다. SNS에 잘못 퍼진 헛소문 때문이다. 앰버그리스가 향유고래를 죽여서 얻은 성분이라는 헛소문이 퍼지면서 오해를 산 것이다. 가짜 뉴스지만 이미 퍼질 대로 퍼진 소문을 수습하기란 쉽지 않았다. 이 때문에 앰버그리스는 이미지가 좋지 않아 더 이상 향수에 사용되지 않는다.

향수에 사용되는 앰버 이야기로 돌아와보자. 향수에서 앰버는 바닐린과 랍다넘, 그 외 소소한 재료와 배합된다. 조향사들은 머리를 써서 성분 배합을 복잡하게 만드는 것을 은근히 즐긴다. 나도 엉뚱한 호기심을 이용해 그럴듯해 보이는 향수를 만든 적이 있으나 그 향수의 이름을 기억하는 사람은 없다. 두 가지 재료와 앰버를 섞어 탄생한 향수는 훗날 조향사 에메 겔랑Aimé Guerlain의 대표 향수가 된다. 재능이 다분했던 그는 꽤 유명한 재료들을 향수를 만들 때 사용했다. 하지만 엉뚱한 실험을 한다고 해서 모든 조향사들이 겔랑처럼 되는 것은 아니다.

바닐린의 향을 강하게 만들어주는 것은
뜻밖에도 랍다넘이다. 반대로 바닐린이
랍다넘의 향을 강하게 만드는 경우는 없다.
앰버의 성분을 보면 오히려 바닐린의 함유량이
랍다넘에 비해 10배나 더 많아서
상대적으로 랍다넘 양이 매우 적은데,
이 적은 랍다넘이 바닐린의 향을 빛내준다.
앰버는 그야말로
다윗과 골리앗이 모여 만들어진 향인 것이다.

랍다넘의 기원은 아주 오랜 옛날로 거슬러 올라간다. 옛날에 크레타섬 사람들은 포도밭을 재배하고 염소를 기르며 살았는데, 크레타섬의 포도로 만든 와인은 유명해서 이집트와 로마에까지 판매되었다. 당시 갈리아에서는 능금주를 선호했다. 염소에서는 젖과 털을 얻었는데, 염소들은 자갈투성이의 척박한 땅에서 야생 풀과 랍다넘이 함유된 시스투스과 식물을 뜯어 먹으며 자랐다. 시스투스과 식물의 잎사귀에는 수액이 함유되어 있어서 깎은 염소 털을 물에 넣고 삶으면 묻어 있던 수액이 깨끗하게 씻긴다. 이 랍다넘에서 얻은 고무는 향수를 만들거나 와인에 향을 첨가하는 용도로 사용되었다. 이후 크레타 문명이 역사 속으로 사라지면서 크레타섬에서는 포도 재배도 멈추었고 염소들은 계속 방황하고 있다. 더 이상 랍다넘도 생산되지 않는다.

요즘에 락로즈는 안달루시아 지방의 세비야 북쪽에 위치한 시에라 노르테Sierra Norte 지역의 스페인공원에서 자생한다. 락로즈는 12월에서 2월까지 수확되는데 락로즈의 가지를 묶어서 삶으면 에센셜 오일이 나온다. 이 에센셜 오일의 이름이 '시스트Ciste'다. 락로즈의 가지 묶음을 끓는 물에 삶으면 물보다 가벼운 수액 성분이 물 위로 뜬다. 물 위로 뜬 수액 성분을 틀속에 부어 휘발성 용매로 처리하면 랍다넘 앱솔루트를 얻을 수 있다.

# 압생트와 쑥

# Artemisia absinthium L.
# Artemisia vulgaris

사람마다 특별히 감동으로 다가와 평생 기억에 남는 그림들이 있다. 내게는 프랑스 화가 에드가 드가Edgar Degas의 〈압생트 한 잔*L'Absinthe*〉이 그렇다. 나는 이 그림에 남다른 애착이 있는데 더러는 그림을 떠올리기만 해도 황홀한 느낌마저 든다. 따뜻한 시선으로 바라보고 또 바라봐도 질리기는커녕 계속 즐겁게 감상할 수 있기 때문이다. 내게는 드가의 그 어떤 작품보다 탁월한 재능이 잘 드러난 그림이다.

〈압생트 한 잔〉을 찾아봐도 좋고 머릿속에 떠올려도 된다. 그림을 찬찬히 훑어보자. 그림 속에는 한 여인이 어느 선술집의 탁자 모서리에 앉아 있다. 옆에 있는 남자는 상대적으로 크게 부각되어 보인다. 남자는 '미래'를 상징하는 외부로 시선을 돌리고 있다. 반면 여성은 앞쪽을 바라보며 체념한 듯 살짝 고개를 숙이고 있다. 여성의 눈빛은 공허하다. 그림 속에서 여성은 중요한 소재이지만 주변 세상에서는 눈에 띄지 않는 투명한 존재 같다. 여성의 부재가 너무 크게 느껴지면서 그녀의 침묵은 캔버스를 지배

한다. 여자 앞에 놓인 잔에 든 술은 탁한 흰색인데, 물에 타서 희석시켜 마시는 압생트다. 그림 속 여성이 이 술을 마셨는지는 정확히 모르겠다. 여인 주변의 탁자들은 마치 공중에 떠다니는 것처럼 보인다. 드가는 여인의 혼란스러움을 살리고자 탁자 다리를 일부러 그리지 않았다.

그림 〈압생트 한 잔〉과 향이 무슨 관계냐고? 압생트는 인생의 쓴맛을 상징한다. 압생트만큼 씁쓸하면서도 지적이고 상쾌한 냄새를 나는 맡아본 적이 없다. 압생트는 어떤 깨달음을 주고 늘 다양한 이야기를 들려준다. 때로는 달콤한 향으로 마음을 끌어당기지만, 때로는 씁쓸한 향으로 감정을 자극하고 놀라움을 안긴다. 압생트의 씁쓸한 향은 사람에 따라 호불호가 극명하게 갈린다.

어느 향수 회사에서 수석 조향사의 보조로 근무했을 때의 일이다. 장 폴 겔랑이 허름한 가방에서 입구 부분이 좁은 작은 향수병을 꺼냈다. 그는 향수병의 코르크 마개를 열어 시향지를 담그더니 나에게 향을 맡아보라고 건네며 낮은 목소리로 이렇게 말했다. "압생트입니다. **아비루즈**Habit rouge, 빨간 재킷 향수를 만들 때 사용했죠." 1965년에 '아비루즈' 향수를 만든 폴 겔랑은 이미 프랑스 시인 베를렌Verlaine, 보들레르Baudelaire, 랭보Rimbaud가 압생트를 즐겨 마셨다는 사실을 알고 있었다. 그때 맡은 압생트의 씁쓸한 향은 지금까지도 기억에 강렬하게 남아 있다.

**압생트** Artemisia absinthium L.

고대 그리스에서 압생트는 '앱신티움Apsinthion'이라는 이름으로 알려졌다. 압생트는 향쑥이라는 식물인데 자연과 사냥, 출산의 여신인 '아르테미스의 식물'로도 불렸다. 잎사귀는 해독제로 사용되었고(사람들은 압생트가 맛이 씁쓸해서 모든 고통을 치유해줄 것이라고 생각했다) 또한 낙태를 유도하는 성분으로도 쓰였다.

프랑스에서는 와인에 담긴 압생트가 등장해 '압생트 와인'이라고 불렸다. 압생트 와인이 탄생한 것은 불과 19세기의 일이다. 이 와인은 알코올과 압생트 잎사귀에 아니스, 히솝, 회향, 멜리사를 섞어 증류시켜 만든 것이다. 압생트 와인의 인기가 높아지자 알코올 중독이 사회 문제가 되었다. 사람을 홀리는 '녹색 요정'으로 불리며 비판의 대상이 된 것이다. 결국 압생트 와인은 1915년에 판매가 금지되었다. 이후 2001년에 다시 프랑스에서 판매가 허용되었으나, 과도하게 사용하면 환각 작용을 일으키는 들쑥 성분의 비율에는 제한이 생겼다.

압생트 식물만 증류하면 에센셜 오일을 쉽게 만들 수 있다. 이러한 에센셜 오일이 나온 것은 19세기 말인데 프랑스에서 사용이 금지된 압생트를 미국의 조향사들이 수입해 '웜우드Wormwood, 쓴쑥'라고 불렀다.

온대 기후 지역에서 나는 압생트는 거친 황무지에서, 바위가 많은 언덕에서, 길가와 들판 가장자리에서 자란다. 다년생 식물로 키는 0.5미터에서 1미터 사이까지 자랄 수 있다. 반들거리는 은빛 흰색 솜털로 덮여 있으며, 기름기를 많이 함유하고 있다. 잎사귀의 윗부분은 녹색 빛이 도는 회색이고, 아랫부분은 흰색에 윤기가 나는 것이 특징이다. 꽃은 7월에서 9월까지 핀다. 압생트는 그리 까다롭지 않은 식물이어서 비옥한 땅만 있어도 충분하다. 질소가 풍부하고 습하지 않고 햇빛이 잘 드는 석회질 땅만 있으면 잘 자라며, 가을과 봄에 번식한다.

압생트는 모로코에서 재배되고, 알제리에서는 치바Chiba 혹은 차디렛 마리엠Chadjret maryem이라는 이름으로 불리며 민트 대신 마시는 차로 사용된다. 날씨가 선선해지면 민트보다는 치바를 선호하는 사람들이 많아진다.

### 머그워트 Artemisia vulgaris, 불가리스 쑥

머그워트는 고대 시대 때부터 알려진 식물이다. 프랑스인의 선조인 갈리아인들은 머그워트를 가리켜 '포네마Ponema'라고 불렀다. 압생트와 마찬가지로 국화과에 속하는 이 식물은 라틴어로는 '아르테미스 여신'을 뜻한다. 다년생 식물인 머그워트는 키가 60센티미터에서 2미터까지 자라며 길가나 둑 가장자리, 공터 구석에서 자주 볼 수 있다. 질소가 풍부한 토양을 좋아해서 온난한 지역에서 잘 자란다. 녹색에 솜털이 나 있는 잎사귀의 모양이 멋져서 정원을 장식하는 관상식물로 재배되는데, 가지 위로 잎사귀가 빽빽하게 자라는 머그워트 향은 압생트와 비슷하다.

머그워트는 '불의 풀'이라는 별명으로도 불린다. 이런 별명은 중세 시대에 얻었는데, 성 요한 축제 행렬에서 사람들이 머그워트를 마편초 등 다른 풀과 엮어서 목걸이로 하고 다녔기 때문이다. 18세기에 신학자와 철학자들 사이에서 유명한 주술서로 통하던 《그랑 알베르*Grand Albert*》는 풀들이 지닌 신비한 비밀이 서술되어 있었는데, 머그워트에도 각종 신비한 힘이 있다고 설명했다. "머그워트를 늘 몸에 지니고 있으면 악령과 독, 물과 불을 전혀 두려워할 필요가 없다. 머그워트가 모든 액운으로부터 보호해주기 때문이다."

머그워트는 여러 나라에서 다양하게 사용되었는데, 일본에서는 팥소가 들어간 찹쌀떡 다이후쿠 같은 디저트에 들어가 향긋한 향을 더하는 역할을 한다. 이런 팥소가 들어간 찹쌀떡은 중국에도 있다. 멕시코에서는 머그워트를 말려서 마리화나 대용품으로 핀다.

머그워트는 의학과 마법, 미스터리의 이미지와 연결되기 때문에 당연히 조향사들 사이에서도 매력적인 존재다. 조향사들은 때로는 마법사가 되기도 한다. 1944년에 출시된 향수 '**밴디트**Bandit, 산적'는 조향사 제르멘 셀리에Germaine Cellier가 1930년대를 풍미하던 디자이너 로베르트 피게Robert Piguet

의 의뢰를 받아 만든 것이다. 밴디트 향수에는 머그워트가 4퍼센트나 들어가 있다. 밴디트는 머그워트가 가장 높은 비율로 들어간 향수일 것이다. 옛날에는 다진 식물을 사용했기 때문에 향수 향이 강했다. 지금처럼 부드럽고 달콤한 향의 향수는 당시에는 별로 인기가 없었다.

# 바질과 타라곤

## Ocimum basilicum
## Artemisia dracunculus

신입 조향사였을 때 나는 시중에 나와 있는 향수들과 똑같은 향수를 만드는 연습을 했다. 50년 전의 일이다. 그때만 해도 향수 회사들은 관련 지역 중심으로 모여 있었고 '시장'이라는 개념도 아직 존재하지 않던 때였다.

당시 나는 내 코에 인상적으로 느껴진 향수를 모방해서 내 방식대로 만들었는데, 크리스찬 디올Christian Dior의 향수 '**오 소바쥬**Eau sauvage, 야생의 물'를 연습 대상으로 삼아 새롭게 재현해보았다. 원래 오 소바쥬 향수는 1966년에 에드몽 루드니츠카Edmond Roudnitska가 만든 것이다. 출시된 지 2년밖에 안 되었지만 향수를 바라보던 나의 관점을 완전히 변화시켰다. 여러 재료를 배합하는 실험을 거듭해 마침내 내 코가 만족하는 향수를 새롭게 만드는 데 좋은 자극이 되었기 때문이다. 오 소바쥬는 오드콜로뉴Eau de Cologne*에

* 알코올에 감귤류 재료가 배합된 상쾌한 느낌의 향수. 일반 향수보다 향분이 적고 수분을 함유하고 있어 알코올성 방향품으로 사용된다. —옮긴이.

들어간 것으로 보이는 재료를 사용했는데, 어떤 재료들이 어떻게 배합되었는지는 정확히 알 수 없었다.

향수에 배합된 재료들의 이름이 명확히 알려지지 않는 이유는 고급스러워 보여야 할 향수에 자칫 '저렴한' 이미지를 주고 위생용품처럼 보일 우려가 있기 때문이다. 나는 감귤류, 라벤더, 여러 꽃, 향신료, 나무를 살펴보다가 향신료로 사용되는 아니스와 비슷한 향을 내는 재료를 만났다. 바질이나 타라곤에서 추출한 에센셜 오일과 비슷한 향이었다. 바질과 타라곤에는 아니스 향이 나는 화학물질 메틸차비콜Methylchavicol이 많이 함유되어 있다. 바질에 이어 타라곤을 실험해봤지만 내 실력으로 오 소바쥬를 재현하기엔 역부족이었다.

조향사들은 다른 조향사들이 만든 향수의 재료 배합 공식을 완전히 알 수 없다. 그러다 보니 향수마다 배합 공식은 늘 미스터리로 남아 있는 경우가 많다. 향수에 사용된 재료가 바질인 것 같다고 추측하는 조향사도 있고, 타라곤 같다고 말하는 조향사도 있다. 아무리 기술과 분석이 발달하더라도 향수마다 지닌 배합의 비밀은 완벽히 밝혀지지는 않을 것이다.

**바질** Ocimum basilicum

'바질'이라는 이름은 라틴어 '바실리쿰basilicum'(4세기)에서 나왔다. 라틴어 바실리쿰은 '왕실의 식물'을 뜻하는 그리스어 바실리콘basilikon에서 온 것이다. 실제로 '바실리코스basilikos'라는 단어는 '왕실의 보물'을 가리킨다. 어원을 통해 알 수 있듯이 바질은 아주 오래전부터 고귀한 식물로 대우받아왔다. 물론 나는 향수를 만드는 재료들 사이에는 우열이 있다는 것을 이해하지도 받아들이지도 않는 입장이지만 말이다.

향수에는 두 가지 종류의 바질이 사용된다. 하나는 메틸차비콜이 함유된 바질이고, 또 하나는 메틸차비콜과 리날로올linalool이 함유된 바질이다.

바질에는 메틸차비콜과 리날로올이 많이 들어 있다. 두 종류의 바질은 겉으로 보면 모양은 서로 닮았다. 잎사귀가 크지 않고, 녹색이며, 윗부분에 핀 흰색 꽃은 소박한 느낌을 풍긴다. 바질의 에센셜 오일은 꽃이 아니라 잎사귀에서 추출한다.

메틸차비콜이 함유된 바질은 주로 아프리카의 코모로와 마다가스카르 그리고 베트남에서 자란다. 특히 베트남은 메틸차비콜이 함유된 바질로 에센셜 오일을 가장 많이 생산하는 나라다. 베트남 요리에도 메틸차비콜이 함유된 바질이 많이 사용된다.

나는 개인적으로 리날로올이 함유된 바질을 좋아한다. 다른 바질에 비해 상대적으로 잎사귀가 더 넓어서 '커다란 녹색'이라는 별명으로도 불리는 리날로올 함유 바질은 이집트의 나일강에서 자란다. 나일강 근처의 토양은 물기가 많은 진흙 형태로, 리날로올이 함유된 바질 맛이 좋은 이유다. 리날로올 함유 바질은 8～10월까지 사람들이 직접 손으로 수확한다. 특히 이른 아침에 딴 바질은 신선한 데다 공기 중에서 적당히 말라 물기가 많지 않은 상태라 좋다. 약초용으로 사용하기 위해 건조시킨 바질은 물기가 60퍼센트까지 빠진다. 다만 바질에 물기가 너무 빠져 건조해지면 에센셜 오일을 만들 때 좋지 않다.

바질은 토양과 물 조절에 신경 써서 기른 후 매년 수확한다. 1헥타르당 바질 생산량은 토양의 질에 따라 여섯 배나 차이가 나며, 수확한 바질 잎은 1~4킬로그램씩 에센셜 오일을 만드는 데 사용된다. 어쩌면 이렇게 재배된 바질이 오 소바쥬 향수에 사용되었을지도 모른다. 나 또한 바질과 토마토 잎사귀를 섞어서 시슬리Sisley의 향수 '**오 드 깡빠뉴**Eau de Campagne, 시골의 물, 1976'를 만들었다. 지중해 출신이라면 향수를 만들 때 바질을 재료로 떠올리지 않을 수 없다.

**타라곤 Artemisia dracunculus**

타라곤은 프랑스에서 에르베 아 드라공herbe à dragon, 즉 '용의 풀'이라고 불리는 국화과 풀이다. 이탈리아어로 용의 풀은 '드라곤첼로dragoncello'라고 한다. 타라곤의 라틴어 이름 '드라쿤쿨루스dracunculus'는 '작은 용'을 뜻하는 고대 그리스어 '드라콘티온drakontion'에서 유래한 것 같다. 유럽 여러 나라에서 타라곤을 '용의 풀'이라고 부른 까닭은 타라곤 뿌리가 하늘을 나는 용처럼 구불거리는 모양이기 때문이다.

이름만 들어도 타라곤은 평범한 식물은 아니다. 중앙아시아에 주로 서식하는 타라곤은 다년생 식물이며, 이탈리아의 피에몬테Piemonte 지역에서 재배되어 요리에 향신료로 사용된다. 타라곤은 키가 80센티미터까지 자라는데, 줄기가 많이 나 있고 잎사귀는 좁고 긴 형태다. 타라곤의 잎사귀는 짙은 녹색을 띠지만 겨울에는 색이 옅어진다. 타라곤의 신선한 잎을 삶아 증류시키면 에센셜 오일을 만들 수 있다. 그래서 대개는 재배지에서 바로 오일을 추출하는 작업이 이루어진다. 에센셜 오일 1킬로그램을 만들려면 타라곤 잎 약 100킬로그램이 필요하다.

믿을 만한 정보를 통해 새로 알게 된 사실이 있는데, 디올의 오 소바쥬 향수에 바로 이 타라곤이 사용되었다고 한다. 물론 여기에 반박하는 사람들도 있겠지만 말이다.

# 로즈제라늄

# Pelarganium rosat

정원과 발코니를 아름답게 장식하는 제라늄은 색은 화려하지만 향기가 나지 않아 향수를 만들 때는 사용되지 않는다. 향수에 쓰이는 것은 로즈제라늄Rose geranium이다. 로즈제라늄은 정확한 원산지를 알 수는 없으나 물기가 적당하게 있어 에센셜 오일로 만들기 적합하다. 로즈제라늄은 현재 전 세계에서 재배된다. 어쩌면 당신의 정원에서도 로즈제라늄이 자라고 있을지도 모르겠다.

나는 우리 집 정원에 로즈제라늄 두 개를 심었다. 이 식물은 꽃이 아니라 잎사귀에서 향이 나는데 그 잎사귀를 비벼서 향을 맡기 위해서였다. 나만의 소소한 즐거움이라고 할까. 또 다른 나만의 즐거움이 있는데, 로즈제라늄의 잎사귀를 여러 조각으로 잘라 딸기 샐러드에 넣어서 먹는 일이다. 로즈제라늄은 먹을 수 있는 식용 식물이다. 샐러드에 로즈제라늄 잎을 곁들이면 풍미가 더욱 살아난다.

로즈제라늄의 잎사귀는 녹색에 들쭉날쭉한 모양이고, 꽃은 핑크색이거나 자주색 또는 흰색을 띤다. 로즈제라늄의 꽃 속 씨앗은 새의 머리, 특히 학의 머리처럼 생겼다. 참고로 그리스어로 '학'은 제라니오스Géranios라고 하는데 이것이 라틴어 '제라니움Geranium'이 되었다. 제라늄에 들어 있는 주요 성분 중 하나가 '제라니올Géraniol'이다.

제라늄은 종류가 많다. 그래서 여러 종류의 제라늄을 교배하면 어떤 이름으로 불러야 할지 혼란스러울 때가 있다. 레위니옹섬의 많은 제라늄 에센셜 오일 생산자들은 프랑스 남부의 들판에서 수확물을 가져왔다는 정도만 알고 있을 뿐 정확한 원산지는 알지 못한다. 제라늄의 원산지가 남아프리카공화국과 케이프타운 지역이라고 추정하는 식물학자들도 있지만 정확하지는 않다. 제라늄이 어느 식물 과에 속하는지도 원산지와 마찬가지로 오랫동안 정확히 알려지지 않은 상태다. 한 가지 확실한 것은 제라늄에서 에센셜 오일을 추출하는 실험이 처음으로 이루어진 시기가 19세기라는 사실이다.

로즈제라늄의 종류가 다양하다는 사실이 실제 밝혀진 것은 1960년대 초다. 유전학이 발전하면서 재배 전문가들은 제라늄의 종류를 구별할 수 있게 됐고, 이를 토대로 전 세계에서 여러 종류의 제라늄을 기를 수 있게 됐다. 다행히 식물 재료의 역사를 다룬 책들 덕분에 우리가 오래전부터 존재한다고 믿었던 재료들이 실제로는 이 땅에서 나고 자란 지 얼마 되지 않았다는 사실이 알려졌다. 특히 《레위니옹섬의 향기로운 식물들의 역사 *Histare des plantes à parfum de L'île de La Réunion*》에는 식물 재료에 관한 방대한 역사가 잘 정리되어 있다. 이 책에서는 로즈제라늄이 19세기 중반에 생드니정원에 들어왔고, 20년 후에 로즈제라늄을 대상으로 증류 실험이 이루어졌으며, 제라늄(어떤 종류의 제라늄인지는 알 수 없으나)에서 추출된 에센셜 오일이 1889년 파리만국박람회에 처음 소개되어 많은 관람객들을 매료시켰다는 사실 등을 소개하고 있다.

물론 조향사들은 장미 원액이 비싼 터라 로즈제라늄을 장미 대신 사용한다. 그러다 보니 로즈제라늄이 집중 재배되기 시작했다. 이런 연유로 35년 후 레위니옹섬은 세계 최대 제라늄 에센셜 오일 생산지가 되었고, 1968년까지만 해도 177톤이라는 엄청난 수출량을 기록하며 제라늄 에센셜 오일의 1등 생산지로 등극했다. 레위니옹섬이 제라늄 에센셜 오일을 이렇게 대량 생산할 수 있었던 것은 많은 저장량과 저렴한 가격 덕분이었다. 제라늄 에센셜 오일 수출은 지역 경제를 유지하는 주 수입원이 됐다.

하지만 레위니옹섬의 전성기는 계속되지 않았다. 이집트산 제라늄이 곧 경쟁 상대로 떠올랐고, 중국산 제라늄이 프랑스 시장을 조금씩 잠식했기 때문이다. 프랑스는 미국보다 제라늄 소비량이 무려 세 배나 많다. 미국에서는 사람들이 품질보다 가격을 중시한다면, 상대적으로 향에 민감한 프랑스에서는 가격보다는 향의 품질을 더 우선시하기 때문이다. 요즘도 크게 달라지지는 않았다.

당연한 말이지만 1차, 2차 세계대전을 겪으면서 제라늄도 수요가 줄어들었다. 여기에 태풍이라는 자연재해, 사람들이 점차 향수 같은 화장품에 돈을 절약하는 습관을 들이기 시작한 것도 수요 감소에 한몫했다. 결국 레위니옹섬에서 제라늄 생산은 커피와 정향, 허브인 일랑일랑Ylang-Ylang, 바닐라 생산과 같은 운명을 맞았다. 수년 동안 레위니옹섬은 이 품목들의 최대 생산지였으나 저렴한 가격을 내세우는 경쟁 국가들 때문에 시장 지분을 잃었다. 제라늄은 와인과 마찬가지로 기후와 토양에 따라 품질이 달라진다.

# 파촐리

# Pogostemon cablin

"세대마다 패션, 음악, 향기 등 선호하는 기준이 달라진다. 향수 역시 사회의 산물이다. 따라서 신화가 사라지고 기억에서 잊혀진 향수는 죽은 것과 다름없다."

— 장 클로드 엘레나, 《향기의 작가 *L'Ecrivain d'odeurs*》, 2017

1968년에 내 나이는 스무 살이었다. 당시 우리 세대는 사향*을 흉내 낸 향수를 뿌리고 다녔다(사실 사향의 냄새가 실제로 어떤지 아는 사람은 하나도 없었다). 그리고 젊은 세대가 선호했던 또 다른 향이 있었는데 바로 백단이었다. 우리는 중산층 출신이라고 해도 중산층의 가치를 거부했고, 기존의 권위와 생활방식, 종교, 소비 사회에 반기를 들었다.

우리가 향수로 뿌리고 다닌 사향과 백단은 실제로는 화학적 방식으로

* 사향노루의 생식기 근처 사향낭에서 추출한 향료. — 옮긴이

만들어진 것이었으나, 우리는 천연 재료로 만들어진 것을 구입했다고 생각했다. 향수 가게가 아니라 시장과 개인 가게에서 샀기 때문이다. 하지만 파촐리로 만든 향수는 실제로 천연 재료를 사용한 것이라 가격이 비쌌다. 사향과 백단은 프랑스나 미국이 인도에 수출하기 위해 화학적 방식으로 만들었는데, 인도로 수출된 사향과 백단은 다시 서구권에서 수입되어 팔렸다. 조악한 유리병과 요란한 색깔, 금빛으로 번쩍이는 마개만 봐도 어디서 온 것인지 알 수 있었다.

당시 우리 세대는 오랜 역사와 다양한 문화를 자랑하는 인도를 꿈과 이상을 실현할 수 있는 지상의 낙원인 양 여겼다. 그래서 파촐리를 우리 세대를 표현하는 향으로 삼았다. 파촐리는 흙냄새, 숲 냄새, 젊음과 자유의 냄새를 상징했고, 19세기에 탄생한 낭만주의와 밀접한 관계가 있었다. 보들레르의 시를 평론한 앙드레 기요André Guyaux는 이런 글을 썼다.

"멀리서 찾을 필요가 없다.
헬리오트로프Heliotrope나
투베로즈Polianthes tuberosa L.가 꽂힌 꽃병,
스페인에서 온 향주머니,
소파 위에 아무렇게나 널브러진 캐시미어 숄에서도
파촐리 향이 난다."*

실제로 보들레르는 파촐리 향을 맡으면서 향수의 낙원을 맛보았다. 우리 세대에게 파촐리는 인위적인 화학 방식으로 오염시키고 싶지 않은 낙원이었고 동시에 우리의 희망이기도 했다.

* 앙드레 기요, 《보들레르: '악의 꽃' 강독 반세기*Baudelaire : un demi-siècle de lectures des Fleurs dumal*》

파촐리가 많이 들어간 향수로는 레미니센스Réminiscence의 '**파촐리**Patchouli, 1970', 크리니크Clinique의 '**아로마틱스 엘릭서**Aromatics Elixir, 1971', 지방시Givenchy의 '**젠틀맨**Gentleman, 1974'이 있었다. 그로부터 50년이 지났고 파촐리의 향을 느끼는 우리의 코도 달라졌다.

우리는 새로운 기준으로
파촐리의 향을 기억하게 되었다.
현재 파촐리에서 느껴지는 향은 구두약이나 시가,
중국의 황제들이 즐겨 마셨다고 알려진
보이차의 냄새와 흡사하다.

원래 파촐리가 향수에 사용된 것은 이보다 더 앞선 프랑스 제2제정 시대(1852~1870년)였다. 당시에는 향수를 제조할 때 파촐리의 마른 잎사귀가 사용되었다. 파촐리 향수를 뿌리면 캐시미어 숄의 가치가 높아졌고, 진드기가 생기지 않았다.

귀족층과 부유층은 파촐리를 너무나 좋아해서 조향사들은 파촐리 에센셜 오일을 만들기까지 했다. 신입 조향사로 일하던 1960년대의 기억이 떠오른다. 파촐리 잎사귀들이 커다란 마대 자루 속에 담겨 쌓여 있었고, 자루를 벌려 잎사귀들을 꺼낸 후 삽으로 퍼서 증류기에 담아 에센셜 오일을 추출했다. 이렇게 추출한 파촐리 에센셜 오일은 '파촐리 오랜 잎', '파촐리 나라'라고 이름을 붙였다. 인도네시아나 말레이시아에서 직접 사온 에센셜 오일과 구분하기 위해서였다. 인도네시아와 말레이시아는 파촐리의 원산지였지만 품질이 별로였다.

파촐리는 기후에 따라 한 해 두세 번 수확하는데, 에센셜 오일의 가격은 건조한 시기를 제외하면 큰 변화가 없다. 증류 기술이 발달하면서 에센셜 오일의 품질도 다양해졌다. 나는 동의하지 않지만, 조향사들은 파촐리가 향수에 사용된 것이 1919년 코티Coty에서 만든 향수 '**시프레**Chypre' 때부터라고 확신하듯이 말한다. 하지만 파촐리는 이전에도 많이 사용되었다. 겔랑Guerlain의 멋진 향수 '**시프레 드 파리**Chypre de Paris, 1909'에도 파촐리가 쓰였다. 다만 현재는 너 이상 판매되지 않고 그 대체세로 겔랑에서 향수 '**샬리마**Shalimar'를 내놓았다.

샬리마는 엄밀히 말해 '시프레를 이은 향수'로 분류되지는 않는다. '시프레'라는 표현은 코티의 향수에서 처음 사용된 것이 아니라 그 이전에도 쓰였는데, 프랑스 소설가 기 드 모파상Guy de Maupassant이 1890년에 〈르 피가로〉의 비평가 모리스 드 플뢰리Maurice de Fleury와 주고받은 편지에 '시프레'라는 단어를 언급한다. 모파상은 시프레를 언급하며 "조향사 우비강Houbigant이 시프레를 사람처럼 다룬다"라고 했다. 샬리마 향수의 배합 공식을 모르기 때문에 실제로 파촐리가 들어갔는지는 확실히 알 수 없다.

향수의 역사를 다룬 자료가 그리 흔치 않아서 아직 많은 것들이 베일에 가려져 있다. 그나마 알려진 정보에 따르면 '시프레'라는 단어가 처음 등장한 것은 15세기로, 헤어파우더와 가발에 처음 사용되었다. 헤어파우더는 전분으로 만들어졌는데, 헤어파우더에 향을 가미하기 위해 사향과 사향고양이의 분비물, 앰버그리스, 참나무 이끼, 제비꽃 향이 나는 흰색 꽃 뿌리, 아이리스 뿌리, 랍다넘 같은 재료를 분말 형태로 만들어 사용했다. 나중에는 향을 내는 다양한 재료와 '시프레'라는 이름을 지닌 액체가 사용되었다. 18세기에는 앞서 언급한 재료 외에도 장미, 오렌지나무꽃, 재스민, 네롤리, 벤조인, 투베로즈, 베르가못이 사용되었다. 이 재료들은 훗날 20세기 향수를 만들 때도 쓰였다. 파촐리도 여기에 속했다.

콜로뉴 계열 향수처럼 시프레 계열 향수도 있을까? 딱히 그런 것 같지는 않다. 향수의 종류 중에서 시프레 계열은 전문가들 사이에서 가장 많은 논란을 불러일으키는 주제다. 향수의 종류를 분류하는 데 별로 도움이 되지 않는다는 것이다. 게다가 시프레 계열을 잇는 향수를 만들 때 파촐리는 랍다넘과 마찬가지로 반드시 사용하지 않아도 되는 재료지만, 실제로는 매우 많이 사용된다.

파촐리와 랍다넘 사이의 공통점이 있다면 염소 털이다. 파촐리는 염소 털로 된 옷을 보호해준다. 그리고 염소들이 랍다넘나무에 몸을 비비면 랍다넘을 쉽게 얻을 수 있다. 이야기가 갑자기 옆으로 샜다.

# 제비꽃

# Viola odorata

"제비꽃은 넥타이를 단정하게 메고 여성들에게 친절한, 도시의 의사 같은 꽃이라고 한다. 실제로 도시의 의사가 입은 가운에서는 언제나 은은한 제비꽃 향이 났다."

— 에밀 졸라 Emile Zola, 《루공가의 재산 *La Fortune des Rougon*》, 1871

일전에 나는 미슐랭 쓰리스타에 빛나는 유명 셰프 알랭 상드랑Alain Senderens과 오후 4시에 그의 레스토랑에서 만났다. 마지막 손님들이 나가고 난 브레이크 타임이었다. 알랭은 향수와 요리에 대해 이야기하고 싶어 했다.

아르데코 스타일의 목공예로 장식된 레스토랑은 아늑한 분위기를 풍겼다. 레스토랑은 벌써 저녁 손님을 받을 준비를 하고 있었다. 종업원 한 명은 청소기를 돌렸고, 또 다른 종업원은 식탁보를 다리고 있었다. 알랭 상드랑이 환한 미소를 지으며 특유의 지중해 스타일로 나를 맞아주었다. 그

1902

는 프랑스 남동부 지중해 해안에 위치한 소도시 예르Hyères 출신이었다. 얼굴엔 흰색의 멋진 수염이, 두꺼운 안경 너머로는 장난기 어린 눈이 번득였다. 그는 나를 마들렌광장의 단풍나무들이 한눈에 들어오는 조용한 개인 거실로 안내했다.

"요리 이벤트를 기획하면서 조향사님이 생각났습니다. 특히 에르메상스Hermessence 컬렉션 향수를 좋아합니다. 그중에서도 **베티베르 통카**Vétiver Tonka를 뿌립니다. 갖고 있는 에르메상스 컬렉션 향수만 네 개죠. 조향사님이 도와주시면 '네 가지 향수, 네 가지 요리'를 테마로 새로운 메뉴를 기획할 수 있을 것 같습니다." 그가 말했다.

처음에 전화로 알랭 상드랑의 말을 들었을 때 나는 깜짝 놀랐다. 물론 그가 소개한 아이디어도 무척 마음에 들었다. 내가 어떻게 도우면 좋겠냐고 그에게 물었다.

"간단합니다. 향수 만드실 때 사용하는 재료들을 말씀해주십시오. 그러면 그 재료들을 요리로 어떻게 재해석할지 보여드리겠습니다. 에르메상스 컬렉션 향수를 사서 향을 맡아봤습니다. 마침 조향사님과 제가 서로 가까운 곳에 이웃하며 살고 있으니 직접 전화를 드리는 것이 낫겠다고 생각했습니다."

이렇게 해서 우리의 만남이 시작되었다. 알랭은 나를 통해 자연산 재료를 얻을 수 있으리라 생각했지만 향수는 자연산 재료로만 만들어지지는 않는다. 그래도 나는 최선을 다해 내가 만든 향수 성분을 요리 어휘로 설명하려고 애썼다.

"**푸아브르 사마르캉드**Poivre Samarcande, 사마르캉드 후추 향수에 대해 말해주세요. 후추와 향신료라면 사족을 못 쓰거든요. 오리 요리인 아피시우스Apicius를 만들어 처음으로 미슐랭 별점을 받았습니다. 그 요리는 저희 레스토랑의 대표 메뉴가 되었죠."

"놀라실지 모르겠지만 푸아브르 사마르캉드 향수에 들어가는 후추의 양은 아주 적습니다. 실은 나무 향과 제비꽃 잎사귀 앱솔루트로 후추 향을 만들었죠."

"나무와 제비꽃이요?"

"네, 맛을 보고 느끼는 셰프 분이니 참나무의 톱밥에서 후추 향과 사향, 스모크 냄새가 난다는 것도 잘 아시겠네요."

"그렇습니다. 그런데 제비꽃 향이 나는 향수를 가지고 있습니다!"

그는 수석 셰프를 부르더니 자신이 사용하는 제비꽃 향 향수를 가져다 달라고 부탁했다. 알랭 상드랑에게서는 립스틱에서 나는 향과 비슷한 향이 났다. 그는 실제 장미가 들어간 것은 아니지만 장미 향이 나는 향수를 사용하고 있었다. 나는 그에게 제비꽃 향의 향수는 실제 제비꽃이 들어간 것이 아니라고 말하며, 나 역시 제비꽃 향 향수를 만들 때 제비꽃 대신 제비꽃 잎사귀를 사용한다고 했다. 요즘에 꽃은 부케를 만들거나 디저트를 만들 때에나 꺾는다. 그가 실망한 듯이 말했다.

"그러니까 제가 사용하는 향수가 천연 향이 아니라는 뜻이군요."

"예, 인공적인 방식으로 자연에서 나는 향을 모방해 만든 것이죠. 꽃에서 직접 향을 추출한 것은 아닙니다."

"그럼 제 테마 요리는 어떻게 하면 되죠? 제비꽃의 잎사귀를 사용하면 될까요?"

"아뇨, 제비꽃의 잎사귀에서는 맛이 거의 나지 않습니다. 오이 껍질을 사용해보세요. 오이 껍질과 제비꽃 잎사귀의 향이 비슷하거든요."

그로부터 얼마 후 그가 나를 다시 레스토랑에 초대했다. 다양한 요리를 만들었는데 맛을 봐달라는 것이었다. 향수에서 영감을 받은 '푸아브르 사마르캉드'는 전식 메뉴가 되었고, 다양한 후추로 맛을 낸 훈제 참치 큐브를 오이 껍질로 묶은 요리가 주메뉴였다. 기막힌 조합이었다. 지금도 입

안에서 그 맛이 떠오르는 잊히지 않는 맛이다.

고대부터 향수나 와인 향을 위해 사용된 제비꽃은 오늘날 어느 지역에서나 자란다. 특별히 서식하는 토양이 따로 없어서 프랑스와 이집트, 튀니지, 이탈리아에서 모두 자란다. 19세기와 20세기 초 프랑스 소설에도 제비꽃 향이 나온다. 프랑스의 동남부 지역 알프마리팀Alpes-Maritimes과 방스Vence, 투레트Tourette와 그라스의 올리브나무 아래, 예르의 오렌지나무 아래, 그리고 남부 해안 도시인 니스와 망통Menton의 오렌지나무 아래에서도 제비꽃이 자란다.

제비꽃은 겨울에 꽃이 피기 때문에 뜨거운 햇빛으로부터 보호를 받는다. 이 지역들에선 장미와 재스민, 투베로즈를 수확한 이후에 제비꽃을 수확해 수입원으로 삼는다. 10월이 되면 부케를 만들기 위해 제비꽃 따기가 시작되고, 향수에 사용할 제비꽃은 1월 정도에 따기 시작한다. 향수용 제비꽃 수확은 부케용 제비꽃 수확보다 들어오는 수입이 적다.

20세기 초까지만 해도 꽃 향이 나는 알코올라Alccolat*를 만들 때 제비꽃 향이 나는 포마드 콘크리트가 흔히 사용되었다. 휘발성 용매제를 이용한 새로운 추출 기술이 등장하면서 많은 양의 포마드가 저렴하게 생산되었기 때문이다.

제비꽃은 생산량이 많지 않아 추출물이 매우 비싸다. 오히려 꽃잎보다 잎사귀 부분이 10배 가까이 저렴해서 향수 회사들은 현재 제비꽃 잎사귀의 추출물을 사용한다. 제비꽃 향은 꽃 없이 화학 기술을 통해 인공적으로 만들어진 것이다. 이것이 가능해진 것은 이오논Ionone 덕분이다. 바닐린을 발명했던 독일 화학자 페르디난드 티만은 1893년 에센셜 오일에서 향기 화합물 이오논을 발견했는데, 이오논에서 아이리스(붓꽃)와 비슷한 향이

* 향을 내는 성분을 담가두었던 알코올을 증류해서 얻은 물질. —옮긴이

났다. 그런데 티만은 이오논이 제비꽃 향과 비슷하다고 생각하는 실수를 저질렀다. 그러자 당시 유행하던 제비꽃 향에 매력을 느낀 프랑스 향수 회사 로제앤갈레Roget et Gallet는 또 다른 프랑스 향수 회사인 드 레르De Laire와 협상에 나섰다. 드 레르는 티만이 근무하던 독일 화학 회사 하르만앤라이머Haarmann & Reimer와 협력 관계였기 때문이다. 이렇게 해서 로제앤갈레는 이오논을 단독으로 사용할 권리를 얻어 1905년에 '**베라 비올레타**Vera Violetta'라는 향수를 출시했다. 희망을 불러일으키는 향수 이름이었다.

# 꽃

꽃은 향수에서 중요한 역할을 한다. 그런데 꽃이라고 해서 전부 향이 나는 것은 아니다. 향기가 나는 꽃이라고 해서 전부 향수에 사용할 수 있는 추출물이 나오는 것도 아니다. 낮에는 잠을 자며 향을 내뿜지 않다가 저녁에 피어나 향기를 내는 꽃들도 많다. 아이리스(붓꽃)가 대표적이다. 주로 시골길에 피는 아이리스는 담장 모퉁이, 비포장 도로 등 어디서나 피어난다.

반대로 낮에 햇빛을 받아 향을 강하게 내뿜는 꽃들도 있다. 장미꽃과 플루메리아Plumeria가 대표적이다. 가끔 향을 내는 꽃들도 있다. '밤의 여왕'이라 불리는 선인장 꽃이 대표적이다. 선인장 꽃은 마치 시계처럼 정해진 때에 규칙적으로 향을 내뿜는다. 특히 자정에 가장 강한 향을 내뿜으니 이 시간에 향을 맡으면 좋다.

24시간의 주기에 맞춰 낮과 밤에 풍기는 향기가 다른 꽃들도 있다. 스페인재스민이 대표적이다. 스페인재스민은 향수에 사용되는 재스민인데, 저녁보다는 새벽에 좋은 향을 풍기기 때문에 재배하는 이들은 이른 아침에 스페인재스민을 딴다.

물론 조향사들은 흰색 꽃일수록 향이 강하다는 것쯤은 알고 있다. 아마도 색이 없는 꽃일수록 벌과 나비를 유혹하기 위해 강한 향을 풍기는 것 같다. 투베로즈, 재스민, 오렌지꽃, 수선화가 향수 재료로 사용되는 이유다. 환상을 깨는 이야기일 수도 있지만 꽃의 이용 가치는 '생산량'과 '가격'의 두 가지 기준으로 정해진다.

장미 중에서도 조향사들이 많이 사용하는 장미는 센티폴리아장미Centifolia rose와 다마스크장미Damask rose다. 이 두 종류의 장미는 모양이 가장 아름답다고는 할 수 없지만 추출액을 많이 얻을 수 있는 것이 특징이다. 그래서 2만 유로의 가격으로 책정될 추출액 1킬로그램을 얻으려면 이 두 종류의 장미 약 4,500킬로그램 분량을 수확해야 한다. 이렇게 되면 1그램당 가격이 20유로다. 황금 0.5그램의 가격과 맞먹는다. 향수에는 평균적으로 1,000가지의 향료 물질이 들어가는데, 이 중 자연에서 얻는 향료 물질이 약 800개이고 꽃의 추출물이 약 15개 사용된다. '15'라는 숫자는 작아 보여도 그렇지 않다. 식물학자와 화학자, 후각이 예민한 사람들은 향료 추출물을 얻을 수 있는 꽃들을 찾아다니기 위해 전 세계를 여행한다. 그 결과 약 50년 전부터 향수의 재료가 되는 꽃 추출물이 더 많이 발견되었다.

"꽃은 식물의 윗부분에 위치하며
생식기관이 있다. 생식기관은
꽃받침과 꽃부리로 둘러싸여 있다.
꽃잎은 색이 화려하고 향이 좋다."

—《라루스 백과사전》

# 재스민

# Jasminum grandiflorum

나는 어린 시절의 추억이 얽혀 있는 재스민에 남다른 애착이 있다. 여름 방학의 어느 날 아침, 꽃을 따러 간다는 할머니를 따라 나섰다. 연금만으로는 생활이 팍팍했던 할머니는 꽃 따는 일을 했다. 그 시절 할머니가 따러 간다고 한 꽃이 재스민이었다.

재스민이 있다는 곳에 가보니 남자들은 보이지 않았다. 평화롭고 화기애애한 분위기 속에서 여자들이 계단식 밭에 서 있었다. 그녀들은 몇 시간 동안 재스민을 따면서 수다를 떨며 웃었다. 함께 작업하는 것이 즐거워 보였다. 아이들은 수확해둔 재스민 더미 사이를 누비며 뛰어놀았다.

가장 젊은 여자들은 맨팔로 재스민 꽃을 땄다. 햇빛을 받은 여자들의 피부는 황금빛으로 빛나며 부드러워 보였다. 여자들의 얼굴을 타고 흘러내리는 땀방울이 흰색 블라우스 안을 적셔 가슴이 봉긋하게 도드라져 보였다. 그 땀 냄새에 정신이 혼미했다. 나는 할머니 옆에서 몸을 구부려 투명한 백자처럼 하얀 재스민 꽃을 손으로 하나씩 땄다. 재스민 꽃을 손 안에

1966
1976

모은 후 미리 준비한 앞치마 주머니 속에 조심스럽게 넣었다. 재스민의 부드럽고 싱싱한 향기에 취할 것 같았다.

오전 10시쯤이 되면 재스민을 따는 일도 서서히 마무리되었다. 재스민에서 나는 향기는 오렌지꽃 향기와 비슷하게 느껴졌다. 각자 재스민을 어느 정도 땄는지 무게를 재고 수첩에 기록했다(내가 모은 재스민은 할머니가 딴 재스민과 합쳤다). 재스민 밭의 주인 가족이 우리를 집으로 초대해 점심을 대접했다. 여자들은 테라스 지붕을 그늘 삼아 테이블 하나에 둘러앉았고, 아이들은 또 다른 테이블에 앉았다. 그렇게 다들 점심을 먹었다. 수다와 웃음소리가 계속 이어졌다. 오후가 끝나갈 무렵, 방치되어 노랗게 변해가는 재스민 꽃 더미에서 강렬하고 깊은 향이 났다. 매일 이렇게 꽃을 따고 즐겁게 잡담을 나누는 일상이 두 달 동안 계속되었다. 쌀쌀해지기 시작하는 가을 무렵까지 계속되기도 했다.

1900년 파리만국박람회를 관람하던 사람들은 천연 에센스와 화학제품이 전시된 화학 부스를 발견했다. 새롭게 소개된 천연 에센스는 휘발성 용매제를 추출해 만든 것인데, 원재료인 꽃향기와 비슷한 향이 나면서도 비계 냄새가 나지 않았다. 그때까지는 포마드 콘크리트를 만들 때 비계가 사용되었다. 천연 에센스는 만국박람회에서 대상을 수상했지만, 실제로 사용된 것은 그로부터 20년이 지난 후다. 고객들의 향수 습관이 바뀌려면 시간이 필요했다. 1921년 '**샤넬 넘버5**'를 만든 조향사 에르네스트 보Ernest Beaux는 이런 말을 했다.

"모든 향수에는 지방이 약간 들어갑니다. 예전 사람들은 이런 향수에 익숙했습니다. 아무리 화학 처리를 해도 어느 정도 시간이 지나면 향수의 변질을 막을 수는 없으니까요."

'디자이너와 조향사의 해'라고도 불린 1920년대, 그 광란의 시절에 재스민 추출물에 대한 수요가 급증했다. 재스민 에센스는 무려 7톤이나 생산되어 20세기 최고의 생산 기록을 세웠다. 프랑스 그라스의 재스민 생산량만 따져도 이 정도였다. 재스민은 그라스뿐만 아니라 이탈리아나 이집트에서도 생산되었다. 그라스의 기업들은 지중해 주변 지역에서 재스민을 재배하면 인건비가 저렴해 이익이 남는다는 사실을 알게 되었다. 그러나 정작 향수 업체들은 개성이 강하고 신선한 그라스의 재스민을 선호했다. 파리만국박람회에서는 화학 제품이 다양하게 전시되었고, 이는 향수의 발전으로 이어졌다.

이제는 여기저기 화학의 영향이 미치지 않는 곳이 없다. 약과 의약품에서부터 향수, 섬유에 이르기까지 화학이 사용되지 않는 분야가 없다. 화학 덕분에 사람들은 외모를 더욱 세련되게 가꾸고, 옷도 더 따뜻하게 입게 되었다. 부유한 사람들은 고급 향수를 뿌리게 되었다. 화학 공장은 대부분 독일에 있고, 향수 제조는 프랑스에서 이루어진다. 꽃과 식물, 과일을 사용해 만든 향수는 자연의 향기를 그대로 재현한다.

프랑스 화학 회사 론풀랑크Rhône-Poulenc는 아세트산벤질Benzyl acetate을 선보였다. 사람들은 이 화학물질에서 광고의 문구처럼 재스민 향이 아니라 바나나 향이 나서 깜짝 놀랐다. 1855년에 발견된 아세트산벤질은 재스민 추출물의 주요 성분으로 밝혀졌다. 그로부터 100년 후, 스위스의 어느 다국적 기업 소속의 화학자가 메틸디하이드로자스모네이트Methyl dihydrojasmonate라는 화학물질을 개발해 '헤디온hedione'이라고 불렀다. 헤디온은 소설 《거꾸로*À rebous*》에서 따온 이름이다. 소설 속 댄디한 주인공 데제생트Des Esseintes는 향수를 만들 때 자메이카의 토착 관목에서 얻은 헤디오스미아Hediosmia를 재료로 사용한다. 그는 헤디오스미아를 가리켜 '재스민에서 나는 프랑스의 향기'라고 묘사했다. 화학자는 시인이 되기도 하고, 조향사는 스토리텔러가 되기도 한다.

헤디온이 최초로 사용된 향수는 크리스찬 디올의 '**오 소바쥬**'다. 이후 헤디온은 전 세계에서 가장 많이 사용되는 향료 중 하나가 됐다. 1976년 반클리프 아펠Van Cleef Arpels이 출시할 향수 '**퍼스트**First'를 담당하게 된 나는 여러 종류의 재스민을 사용하고 벤질아세테이트와 헤디온을 섞은 후, 여기에 인도산 천연 재스민 추출물과 재스민 향이 나는 두 가지 다른 재료(천연 재료와 화학 성분을 섞은 것)를 더했다. 천연 재료와 화학 성분을 섞은 두 가지 재료에는 각각의 특징이 있었다. 하나는 말똥 냄새와 수선화 향이 묘하게 섞여 있었고, 또 하나는 오렌지꽃 향에 가까웠다.

선배 조향사들과 마찬가지로 나도 딱히 다른 방법을 몰랐기 때문에 선배들이 했던 방식대로 향수를 만들었다. 그러니까 이것저것 섞어서 만들어보았다. 어린 시절에 직접 경험한 다양한 재스민 향 덕분에 새로운 방식으로 향수를 만들 수 있었다고 해야 할까? 정말로 이런 이유에서인지는 모르겠다. 하지만 그 시절 자연을 경험하며 많은 것을 배운 덕에 간단한 방식으로 재스민 향수를 만들 수 있게 된 것 같다. 나는 누구보다도 쉽게 새로운 시도를 해보며 선배들과는 다른 방식이지만 결국 재스민 향이 나는 향수를 만들게 되었다.

인도 북부가 서식지인 재스민은 아랍어로 '일 야스민Il-yâsmîn'이라고 부른다. 재스민은 북아프리카에 먼저 들어왔다가 이후에 스페인에 들어왔다. 재스민이 프랑스 그라스 지방에 출연한 것은 17세기였다. 당시 그라스의 장갑 제조인과 조향사, 상인들이 재스민을 많이 필요로 했기 때문이다. 재스민이 상업적인 목적으로 야외 재배가 이루어진 것은 19세기 중반부터다. 소설가이자 시인인 프란시스 드 미오만드레Francis de Miomandre는 1928년에 잡지 〈프랑스의 초상*Portrait de France*〉에 이런 글을 썼다.

"장미꽃이 너무 많다! 재스민이 너무 많다! 아름다움을 자아내려면 조금은 희귀해질 필요가 있다. (…) 칸과 그라스 사이의 땅들은 재배되는 장미와 재스민에게 완전히 장악되었다."

1차 세계대전이 끝나자 재스민 재배는 지중해 주변으로 확대되었다. 이탈리아, 특히 칼라브리아와 이어서 스페인, 모로코, 이집트, 튀니지, 터키까지 재스민을 재배한다. 현재 인도는 모든 것의 원류답게 재스민 최대 생산지이기도 하다. 재스민은 그야말로 인도를 상징하는 꽃이다. 인도의 세밀화만 봐도 윤기 나는 풍성한 검은색 머리에 재스민 화환을 장식한 젊은 여성들의 모습이 많이 보인다.

재스민은 얇은 덮개를 만드는 데 사용되기도 한다. 얇은 덮개가 드리워지면 그 아래에서 인도 여성들이 결혼식을 기다리며 앉아 있다. 인도에서는 화장火葬을 앞둔 시신의 몸도 재스민으로 감싼다. 전통적으로 인도에서는 치아가 아름다우면 재스민 꽃처럼 하얗다고 표현한다. 5세기 인도의 걸출한 시인 칼리다사Kalidasa는 아름다운 치아를 이런 글귀로 표현했다. "봄이 되면 미소 짓는 여인들의 치아에서 재스민 꽃의 광채가 난다." 인도의 치약 브랜드들은 반드시 재스민 향을 사용한다.

# 라벤더

# Lavandula augustifolia

프랑스 남부에 위치한 주 오트 프로방스Haute Provence에 뿌리내린 라벤더는 서쪽으로는 가파른 방투산, 동쪽으로는 뤼르산, 남쪽으로는 고지대의 뤼베롱으로 둘러싸여 있다. 라벤더가 오트 프로방스에 뿌리내린 것은 로마의 침략을 받으면서였다. 그때 이후로 라벤더는 건조함이나 악천후도 두려워하지 않고 드넓은 대지에서 자유롭게 자라고 있다. 오트 프로방스에서 태어나 많은 것을 얻은 프랑스 작가 장 지오노는 오트 프로방스를 도보 여행하면 특별한 정취를 느낄 수 있다고 했다.

오트 프로방스는 언덕과 골짜기, 웅덩이와 봉우리가 연속적으로 이어진 지역으로 현재는 자동차로도 여행할 수 있다. 특히 꽃이 많이 피는 6월 말에 가는 것이 좋다. 여정의 출발 지점은 록시땅L'Occitane 본사가 있는 마노스크Manosque다. 생미셸천문대 방향인 마노스크에서 출발해 첫 번째로 운전대를 멈춰 세워 만나야 할 곳은 레베스트 데 브루스Revest-des-Brousses다. 이곳에서는 마치 흰색 타일 속에 파란색 타일이 박힌 것 같은 풍경을 볼 수 있다.

독일 화가 요제프 알베르스Josef Albers의 추상화처럼 온통 푸른빛이다.

몇 킬로미터 더 가면 시미안 라 로통드Simiane-la-Rotonde다. 언덕 위에 있는 시미안 라 로통드에서는 평야를 한눈에 내려다볼 수 있다. 바위 곁에 옹기종기 붙어 있는 집들도 인상적이다. 관광객들은 언덕에서 끝없이 펼쳐져 있는 멋진 풍경을 계속 눈에 담을 수 있다. 상상만 해도 짜릿하다. 하늘색과 남색 사이를 오가는 묘한 푸른색의 라벤더 밭이 펼쳐져 있고, 카메라를 이쪽저쪽으로 돌려봐도 라벤더빛 푸른색을 딱 잡아서 포착하기가 힘들다. 다양한 푸른색의 톤이 우리가 알고 있는 비율의 법칙을 벗어나 묘한 분위기를 자아낸다. 인상파 화가들은 이러한 미묘한 색채의 마법을 이해했다. 인상파 화가들이 작은 붓 터치로 천천히 작업한 이유다.

좀 더 가서 밀밭에서 코너를 돌면 소Sault 마을을 배경으로 라벤더 밭이 나타난다. 마을 하나를 지나면 또 다른 마을이 나오는데, 이번에는 소박한 분위기가 더욱 느껴지는 오렐Aurel 마을이다. 여기서 몇 킬로미터 더 가면 몽브룅레뱅Montbrun-les-Bains이다. 몽브룅레뱅 마을을 보고 느낀 내 첫인상은 근엄함이었다. 이곳의 집들은 서로 자신 있게 나서려는 듯 앞으로 죽 늘어서 있다. 언덕 꼭대기에 올라가면 르네상스 시대에 지어진 어느 성이 유물처럼 서 있는데, 성 아래에 푸른색 양탄자가 깔린 것처럼 라벤더 밭이 펼쳐져 있다. 이 높은 언덕이 바로 페라시에르Ferrasières다. 이곳에서 보는 하늘은 어찌나 푸르고 맑은지 라벤더의 푸른색과 구분이 가지 않는다. 아름다운 풍경은 어딜 가나 계속된다. 레베스트 뒤 비옹Revest-du-Bion에 이어 바농Banon 마을에 도착하면 여정의 마지막 코스에 도착한 셈이다.

오트 프로방스 여행은 너무나 길고도 아름다운 여정이다. 하지만 이 여정을 따라가는 것만으로는 이 지방을 제대로 알 수 없다. 여기저기 분포되어 있는 다양한 감정을 포착해야 한다.

1908년 5월 30일, 두르브Dourbe* 시의회에서 회의가 열렸다. 회의를 소집한 사람은 오귀스트 모렐Auguste Maurel 시장이었다. 시의회에서 모렐 시장은 다음과 같은 발표를 했다.

"우리 마을은 산이 높기 때문에 라벤더를 너무 일찍 따면 안 됩니다. 라벤더를 지나치게 이른 시기에 따면 양봉 산업이 큰 타격을 입습니다. 따라서 라벤더를 따는 날짜를 정해놓고 기다리면 꿀벌들이 여유롭게 꿀을 만들 수 있습니다. 그러면 라벤더 에센스 증류 산업에도 타격이 없습니다. 라벤더야말로 최상의 꿀을 만드는 식물입니다."

시장의 발표가 끝나고 시의회는 논의를 거쳐 다음과 같은 결정을 내렸다. '두르브 마을에서는 앞으로 매년 8월 15일부터 라벤더 꽃을 딸 수 있다. 라벤더 밭을 지키는 사람에게는 시의회가 발급하는 증서와 함께 10프랑의 비용을 지불한다. 마을의 벌채권 역할을 맡아준 데 대한 비용이다.'

공공재가 경제보다 우선이던 시절의 이야기다. 당시에는 누구나 라벤더를 따서 증류를 할 수 있었다. 증류에 필요한 물과 장작은 마을에서 쉽게 구할 수 있었다. 라벤더의 수요와 공급이 잘 맞아떨어졌기 때문에 라벤더 채취 작업에는 여유가 있었다. 1930년대 육로 교통이 생기면서 라벤더 재배가 본격적으로 이루어졌다. 여기에 지원하는 인력이 남아돌았기 때문에 일당으로 받는 돈은 형편없었다. 트럭들이 길과 도로를 누비고 다니며, 낫으로 베어 다발로 묶은 라벤더들을 그라스의 공장들에 가져다주었다. 그로부터 반세기가 지나자 공급이 수요를 넘어섰다. 라벤더 재배자들은 협동조합을 만들었고, 라벤더를 따는 작업은 사람 대신 기계로 대체되었다. 증류는 그 자리에서 이루어졌다.

여기저기 작은 라벤더 밭이 많이 생겼다. 동시에 라벤더 교배종인 라반

* 이후 두르브 마을은 알프 드 오트 프로방스 주의 주도 디뉴레뱅Digne-les-Bains에 편입되었다.

딘Lavandin 밭*도 끝없이 펼쳐졌다. 꿀벌들의 힘을 빌어 라벤더와 스파이크 사이의 자연 교배로 탄생한 라반딘은 인공 꺾꽂이 방식을 통해 그 수가 늘어났고, 발랑솔Valensole 마을의 언덕에 심어졌다. 가격 부담이 적고 질이 좋은 라벤더 종류를 원했던 그라스 조향사들의 수요가 있어서였다.

봄이 되면 라반딘 밭을 물들인 보라색이 바다처럼 넘실거린다. 6월은 특히 관광객들이 가장 많이 찾아오는 달이다. 라반딘 밭에서 결혼사진을 찍는 관광객들도 있다. 가끔 붉은색 차림의 중국인 신부가 보이는 진풍경도 펼쳐진다. 새하얀 웨딩드레스를 입고 서양식 결혼을 귀엽게 흉내 내는 일본인 신부도 보인다.

풍경이 조곤조곤 이야기를 들려주는 스타일이라면, 향기는 강하게 소리치는 스타일이다. 계곡의 움푹 파인 곳을 지나면 증류 공장이 있다. 증류 공장 앞은 세제 냄새처럼 자극적인 냄새가 풍겨 나온다. 증류가 시작되었다는 것을 알리는 듯한 냄새다. 증류 과정에서 나는 라벤더 냄새는 그리 좋지 않은데, 발 없는 말처럼 여기저기로 퍼진다. 생산 단계에서 라벤더의 증류물은 포도즙과 비슷하다. 그래서 마치 와인의 향을 맡으며 풍부함을 알아채는 와인 전문가처럼 후각이 예민한 사람만이 라벤더 증류물이 앞으로 담게 될 향을 상상할 수 있다.

라벤더 증류물도 와인처럼 몇 달간의 숙성을 거친다. 숙성 과정을 거치면 라벤더 증류물은 향이 강해져 건초와 풀이 섞인 것 같은 향이 된다. 과학적으로 분석해보면 라벤더 증류물의 향을 이루는 분자 중에서 중심적인 역할을 하는 것은 리날로올linalool이다. 리날로올 덕에 라벤더 증류물에서

* 라반딘 밭은 약 1만 6,000헥타르로 펼쳐져 있다. 반면 라벤더가 펼쳐진 밭의 공간은 상대적으로 적다. 라벤더 에센스 1킬로그램을 얻으려면 라벤더 꽃 120킬로그램이 필요하다. 그런데 같은 양의 라반딘으로는 라벤더 에센스 5킬로그램까지 얻을 수 있다.

신선한 꽃향기가 나는 것이다. 리날로올은 클라리세이지Clary Sage와 베르가못bergamot, 시트러스에서도 만날 수 있는 향료 물질이다. 라벤더에는 고유의 향이 있다. 세제 때문에 사람들이 라벤더와 라반딘을 헷갈려하는데, 증류 과정에서는 엄밀히 말해 '라반딘'이라고 밝혀둔다.

한편 클라리세이지에는 뭐라고 정확히 표현할 수 없는 특이한 냄새가 난다. 이와 관련해 재미있는 에피소드가 있다. 나는 라벤더를 구경하고 향을 맡아보는 단체 관광을 기획한 적이 있는데, 버스 기사에게 혹시 중간에 클라리세이지 밭이 보이면 버스를 세워달라고 부탁했다. 버스가 멈췄다. 도로 가운데에 꽃이 한창 핀 클라리세이지 밭이 있었다. 버스에 탄 관광객 50명이 내렸는데, 이 중 30명은 바람에 실려 온 이상한 냄새에 기겁하며 곧바로 버스에 다시 올랐다. 나머지 20명은 이상한 냄새를 체험해보려고 했다. 그런데 이상하게도 나는 사람의 몸에서 나는 땀 냄새를 풍기는 클라리세이지를 다시 만나 기뻤다. 그 냄새는 내 몸에서 나는 냄새, 나에게서 나는 동물적인 냄새, 생명의 냄새였다.

나는 조향사라서 오히려 말로 꺼내기 불편하고 당혹스러운 냄새를 아주 좋아한다. 그 냄새를 악기 삼아 연주하는 작곡가가 된 것 같아 즐겁기 때문이다.

# 미모사

# Acacia decurrens

"미모사를 모르Maures의 반대편에 있는 탄느롱Tanneron에 가져갔다. 바람이 많이 불고 햇빛이 쨍쨍한 날이었다. 하늘 아래 길이 뻗어 있고 주변 풍경은 확 트였다. 언덕들은 미모사 아래에 파묻혀 있다. 집으로 돌아와서도 노란색의 미모사들이 눈앞에서 춤을 추었다. 그 순간 마음속에는 빛이 소용돌이치고 있었다."

— 알베르 카뮈Albert Camus. 마리아 카자레스Maria Casarès, 《편지*Correspondance*》

1951년 2월, 프랑스 소설가 알베르 카뮈는 결핵 치료를 위해 그라스에서 멀지 않은 카브리Cabris에 머물렀다. 카브리는 결핵 치료에 좋은 곳으로 알려졌다. 높은 지대에 있는 이 마을에서는 발코니에 서면 탄느롱 언덕이 내려다보인다. 탄느롱 언덕은 2월이 되면 미모사의 노란색 물결로 빛난다. 카뮈는 여기서 여러 차례 머물면서 연인 관계였던 스페인 여배우 마리아 카자레스와 주고받은 편지에 카브리의 지형을 묘사했다. 그리고 비, 바람, 폭풍, 햇빛, 공기로 전해지는 향에 대해서 이야기했다. 특이하게도 그는 머물던 집에 있는 스위트피와 장미에서 나는 향기까지 상세히 묘사했다. 카뮈는 스위트피와 장미 향을 맡으며 알제리와 알제리의 도시 오랑Oran, 바다, 변치 않는 자연, 오렌지나무와 재스민을 떠올렸다.

2월에 탄느롱의 노란빛 덤불을 보면 미모사가 아주 오래전부터 여기에 있었다고 생각할지도 모른다. 그런데 미모사가 처음 발견된 것은 18세기부터다. 영국의 유명 항해사이자 지도 제작자 제임스 쿡James Cook이 호주 혹은 뉴질랜드 여행에서 돌아오면서 미모사 꽃가지를 가져온 것이다. 당시 미모사 꽃가지가 시든 채로 도착했는지 어떠했는지는 책에 자세히 나와 있지 않다.

같은 시기, 프랑스에서는 시민들이 미모사를 보고 감탄했다. 처음 보는 나무에 핀 작은 미모사 꽃들은 우아함 그 자체였기 때문이다. 당시 미모사 나무는 툴롱Toulon의 해군식물원에 장식되었다. 프랑스 탐험가 니콜라 보댕Nicolas Baudin이 여행에서 돌아와 말메종Malmaison 성의 정원을 장식할 수 있게 황비 조세핀 드 보아르네Joséphine de Beauharnais에게 선물로 바친 것 또한 미모사다.

이후 19세기가 되어 이탈리아의 벤티밀리아Vintimille를 터미널로 둔 칼레-지중해 고속 열차가 생겼다. 교통이 발달하자 훗날 '프렌치 리비에라French Riviera'를 개발하던 부유층 영국인들이 이 지역에 화려한 별장을 짓고는 그 정원을 미모사로 장식했다. 프렌치 리비에라는 툴롱에서 칸, 니스, 망통에 이르는 프랑스 남부 지중해 연안을 말한다. 프랑스어로는 코트다쥐르Côte d'Azur라고 부르며 세계적으로 손꼽히는 고급 휴양지다. 니스에 있는 영국인 산책로가 특히 유명하다.

잠깐 상상에 잠겨본다. 영국의 귀족들이 런던의 큐왕립식물원Kew Garden 종려나무 온실에서 태양 빛을 닮은 노란색 꽃에 산사나무와 헬리오트로프

풀과 비슷한 향을 풍기는 미모사나무를 처음 발견하는 모습을. 그들은 온실이 따로 필요 없을 정도로 따뜻한 지중해 날씨 속에서 이 미모사를 다시 만나고 싶다고 생각했을 것이다.

연안 지대의 도시에서는 시장들이 고객을 끌기 위해 대로와 거리를 미모사로 장식하라고 지시했다. 칸, 앙티브Antibes, 망통은 그렇게 미모사와 오렌지나무로 장식되었다. 수요가 있으면 비즈니스가 생기는 법이다. 오리보Auribeau와 페고마스Pégomas 마을 위에 있는 탄느롱산맥은 야생 미모사가 가장 많이 핀 거대한 숲이 되었다. 미모사를 전문적으로 재배하는 직업도 나타났다.

노란빛의 미모사는 겨울의 태양과 같았다. 재배 전문가들은 꽃송이가 더욱 크고 쉽게 시들지 않는 새로운 종의 미모사를 만들어냈다. 새로운 미모사를 맨 먼저 사려는 사람들은 역시 영국인들이었다. 미모사는 네덜란드의 대표적인 꽃의 도시 알스메이르Aalsmeer의 꽃 시장에서 도매상인과 수출업자의 네트워크를 통해 전체 수확량의 50퍼센트가 거래되고 있다.

꽃도 패션처럼 유행을 탄다. 미모사 또한 그랬다. 얼마 지나지 않아 카네이션처럼 한물간 꽃이 된 것이다. 1950~1960년대에 파리 부르주아들의 집을 장식했던 카네이션은 '묘지에 놓는 꽃'이라는 이미지가 생기면서 인기가 급격히 식었다. 미모사 역시 화훼 비즈니스에서 예전만 한 인기를 잃었지만 지금도 수요는 꾸준히 있다. 특정 지역 축제에 필요하기 때문이다. 예를 들어 해안 지대의 도시 망들리외라나풀Mandelieu-la-Napoule은 매년 2월 말에 꽃수레 행렬과 야간 퍼레이드를 연다.

조향사들이 미모사 추출물과 만난 것은 훨씬 나중의 일이다. 수증기 증류로는 그 어떤 것도 추출되지 않았는데, 20세기에 휘발성 용매제를 사용한 추출법이 생기면서 미모사 앱솔루트를 얻을 수 있었다. 그 사이 인건비와 개발에 필요한 비용은 올라갔다. 그래서 현재 미모사 생산은 모로코의 북서부 지역 라바 살레 케니트라Rabat-Salé-Kénitra의 케미세Khémisset에서 이루어진다. 그라스에서도 미모사가 약간 재배되긴 한다. 미모사를 이용한 향수 제조법은 옛날 방식 그대로다. 하지만 미모사가 향수의 재료로 사용되는 일은 극히 드물다. 그나마 미모사를 재료로 사용한 향수로는 라티잔 파퓨머의 '**미모사**Mimosa, 1992', 지방시의 '**아마리지**Amarige, 사랑과 결혼, 1991'가 있다. 이 두 향수에서 풍기는 미모사의 향은 여전히 기억 속에 남아 있다.

# 수선화

# Narcissus poeticus

"봄을 맞은 초원에 피어 있는 수선화처럼 당신의 목소리에도 단어들이 흐드러지게 피어 있다."

— 장 지오노, 《팔젬의 나무 세 그루*Les Trois Arbres de Palzem*》, 1984

사진작가인 친구와 함께 오브락Aubrac을 찾은 적이 있다. 우리가 머물던 민박집은 밤이 되면 바깥에서 나던 소리가 점차 사그라들어 고요 속에 잠겼다. 나는 이런 변화에 아랑곳없이 머리를 베개 속에 파묻고 몸은 이불로 둘둘 만 채 잠에 빠져 있었다.

다음 날 약속 시간은 아침 8시 30분. 아침 일찍 눈이 떠져서 몸을 일으켜 창문을 활짝 열었다. 발코니 난간에 놓여 있던 비스트로 의자와 테이블 위로 눈이 쌓여 있었다. 생각지도 못한 풍경에 처음에는 깜짝 놀랐다가 이내 감탄했다. 마치 하얀색 양탄자가 푸른색 테이블을 뒤덮으며 반짝거리는 것 같았다. 여기저기 침묵이 흘렀다. 전날에 민박 주인이 테이블에 꽃

병을 놓아주었는데, 꽃병에는 은방울꽃이 몇 송이 꽂혀 있었다. 꽃병을 테이블 가운데에 놓고 사진을 찍었다. 오브락에 눈이 왔다는 것을 기록으로 남기기 위한 사진이었다. 5월 1일에 내린 눈이었다.

사실 오브락 여행이 처음은 아니었다. 이유는 모르겠지만 사람마다 자기의 취향과 잘 맞는 풍경과 장소가 있다. 그냥 거기에 있는 것만으로도 마음이 흡족해지는 풍경과 장소 말이다. 나에게는 오브락이 그랬다. 넓은 초원, 너도밤나무 숲과 소나무 숲으로 둘러싸인 높은 고원. 초원을 가로지르는 오브락의 길 주변에는 작은 돌담들이 있는데, 오랜 시간 고집스러운 정성으로 쌓은 작은 돌담 틈새에는 가느다란 고사리류 식물과 쑥이 자랐다. 사람들은 단정하게 난 산책길을 자신의 속도대로 걸으며 주변 풍경과 푸른 하늘에 감탄했다. 그것으로 충분했다. 하늘의 푸른빛은 공기만큼 신선했다.

그런데 이게 전부가 아니다. 오브락은 조향사들에게 '수선화의 땅'으로 통한다. 라기올Laguiole에서 몇 킬로미터 떨어진 곳에 공장이 하나 있다. 주민 1,000명이 사는 작은 마을 오몽오브락Aumont-Aubrac에서 멀지 않다. 이 공장은 전 세계 조향사들을 위한 수선화 추출물을 만든다. 여기는 그 어느 곳보다 수선화가 많이 피어 있다. 라폴란드가 산타클로스로 유명한 지역이라면 오브락이 위치한 로제르Lozère는 수선화로 유명한 지역이다. 수선화는 그리스 신화 속 미소년 나르키소스Narcissus의 이야기에도 나왔다. 하지만 내가 여기서 말하려는 것은 꽃 수선화다.

수선화를 보고 있으면 시냇가에 몸을 숙여 자신의 아름다운 모습을 감탄 어린 눈으로 보던 나르키소스와 비슷한 것 같다는 생각이 들 때가 있다. 수선화는 향수뿐만 아니라 신화에서도 특별한 꽃이다. 구슬픈 민담과 신비한 설화 속에는 종종 이 수선화가 등장한다.

오브락은 수선화의 대표적인 자생지다. 향기를 내는 꽃 중 인공 재배가 아닌 자유롭게 자기 방식으로 피어 있는 유일한 꽃이 수선화가 아닐까. 수선화가 방해를 받는 순간은 오직 사람들이 풀베기를 할 때와 암소 떼가 지나갈 때다. 암소 떼는 수선화의 맛을 특별히 좋아하지는 않아도 지나갈 때 수선화를 밟고 간다. 오브락에서는 건초 작업이 우선이라 수선화를 따는 일은 늦게 이루어진다. 수선화 수확은 대략 월말에 하는데, 이때 농부들은 암소 떼가 수선화에 접근하지 않고 주변에서 풀을 뜯어먹을 수 있도록 울타리를 친다.

수선화 채취의 역사는 1세기, 장미 채취의 역사는 수천 년이다. 19세기 유명 패션 브랜드 워스Worth가 출시한 향수 '**쥬 르비엥**Je reviens, 돌아올게요, 1932'이 수선화 추출물을 최초로 사용한 향수로 알려져 있다.

이런 곳에서는 익숙한 행동과 생각이 뒤집어지기도 한다. 1세기 전에는 수선화를 채취할 때 블루베리를 수확할 때 쓰는 갈퀴가 있는 기구를 사용했다. 그러다가 기술이 발전해 손잡이 부분이 길어진 기구가 나왔고, 등을 굽히며 힘들게 수선화를 채취할 필요가 없어졌다. 수선화는 깃털처럼 가볍다. 수선화 추출물을 약간 얻으려면 수선화 수천 송이가 필요하다. 갈퀴를 앞으로 향하게 하면 수선화를 짓이기지 않고 자를 수 있다. 이렇게 해서 수선화가 가득 모이면 마대 자루에 수선화를 담아 노새 등에 실어 공장으로 보내 무게를 잰다. 무게는 매일 기록되고 수확한 수선화는 양에 따라 가격이 매겨진다. 하지만 기구를 사용해도 수선화 수확량은 만족스러울 만큼 늘지 않았다.

수선화 채취 성과가 시원치 않은 세월을 몇 년 보낸 농민들은 생각에 잠겼다. 특히 농민들은 농한기인 겨울에 생각에 잠긴다. 눈은 여기저기에 쌓이고, 농장은 고독 속에 파묻히고, 암소 떼는 우리 안에 있고, 주방에는 정적만이 감돈다. 갈퀴의 너비를 두세 배 늘리자는 생각은 여성이 한 것일까, 남성이 한 것일까? 정확히 알 수는 없다. 봄이 되자 수선화 수확량은 두세 배로 들어났다. 하지만 갈퀴는 더 무거워져서 남성들만 다룰 수 있었다.

몇 년이 지나자 새로운 아이디어가 나왔다. 갈퀴의 각 부분마다 자전거 바퀴를 달자는 거였다. 앞바퀴가 크고 뒷바퀴가 작은 페니파딩식 바퀴가 아니라 현대식 자전거가 탄생한 영국에서 발명된 바퀴를 달자는 것이다. 아이디어는 성공적이었다. 갈퀴에 모터만 달면 작업이 자동화가 될 것이라는 희망이 생겼다. 이후로 기구는 트랙터만큼 가공할 능력을 갖추게 되었다. 모터를 단 기구는 밭에서 세 번만 작동시켜도 트랙터처럼 대단한 능력을 보였다.

아침 9시가 되자 우리는 오몽오브락 쪽으로 출발했다. 공장장이 우리를 기다리고 있었다. 공장에는 전날 기계로 채취한 수선화 1톤이 수북이 쌓여 추출기에 들어갈 준비를 하고 있었다. 수년간의 경험에 의해 1킬로그램의 추출물을 얻으려면 수선화 80~100만 송이가 필요하다는 것을 배웠다. 어마어마한 꽃송이가 필요하다 보니 비용도 많이 들고 추출 시 뿜어내는 향도 강했다.

'칙칙' 소리를 내며 작동 중인 추출기는 압력솥과 거의 비슷하다. 다른 점이 있다면 대형 추출기에는 물 2,000리터를 넣을 수 있고 증기 배출 소리가 훨씬 요란하다는 것이다. 일곱 살 때 들었던 기차 소리가 생각날 정도였다. 역으로 들어오면서 큰 소리로 증기를 토해내던 열차 말이다.

밖으로 나가서 아직 잎이 떨어지지 않은 수선화 밭을 보고 싶다는 생각이 들었다. 바깥은 햇빛이 밝게 빛나고, 푸른색이 수평선까지 펼쳐져 있었다. 태양은 여전히 힘을 발휘하고, 눈은 녹아서 물이 되었다. 추출기에서 시끄러운 소리가 흘러나왔고, 짙은 수선화 향이 진동했다. 수북이 쌓아놓은 수선화 더미에서 나던 향만큼 강렬했다. 사진은 멋지게 나올 것 같다. 이후 나는 에르메스의 콜로뉴 향수 컬렉션에 들어갈 '**오 드 나르시스 블루**

Eau de Narcisse bleu, 푸른 수선화, 2013'를 만들게 됐다.

수선화 추출물은 아주 소량이어도 짙은 자연의 향을 풍긴다. 꽃향기뿐만 아니라 푸르른 초원에 같이 자라던 풀들의 씁쓸한 향도 난다. 조금 더 주의를 기울여 향을 맡으면 암소 떼의 냄새도 풍기는 것 같다. 향기 하나에도 지형처럼 여러 특징이 있다. 여기에 반박할 수 있는 사람이 있을까?

# 비터오렌지

# Citrus aurantium

"꽃이 핀 오렌지나무들 사이로 길이 나 있다. 오렌지꽃에서 풍겨 나오는 향이 모든 것을 멈추게 했다. 마치 보름달이 주변 풍경을 일시 정지시키는 것처럼 말이다. 말 때의 땀 냄새, 쿠션에서 나는 가죽 냄새, 왕자의 냄새, 예수회 수도사의 냄새… 모든 냄새가 오렌지꽃 냄새에 밀려 사라졌다."

— 주세페 토마시 디 람페두사Giuseppe Tomasi Di Lampedusa, 《치타*Le Guépard*》, 2007

프랑스에는 주렁주렁 달린 열매만큼이나 에피소드가 많은 나무 한 그루가 있다. 바로 베르사유궁전의 오렌지나무다. 17세기 말, 루이 14세의 지시로 건축가 프랑수아 망사르François Mansart가 지은 베르사유궁전에 있는 오렌지나무에 달린 열매들은 태양왕 루이 14세처럼 황금빛으로 빛난다. 그런데 스페인 그라나다의 알람브라궁전 정원에도 오렌지나무가 있다.

150년 전에 나사리 왕조가 조성한 이 정원에 가보면 그 아름다움과 균형미에 감탄하게 된다. 나는 이 궁전과 정원을 한 번 보고는 결국 티켓을 다시 끊어 또 한 번 둘러보았고, 그다음 날 또다시 찾았던 기억이 있다.

좀 더 오래전으로 거슬러 올라가면 936년경 지어진 스페인 별궁 마디나트 알자흐라Madinat al-Zahra가 있는데, 10세기의 도시 모습을 간직한 유적이다. 이 궁전 도시는 당시 이 지역을 다스렸던 우마이야 왕조의 칼리프*이자 군주가 지시해 지어진 것이다. 지금부터 살펴볼 도시에서 멀지 않다. 역사에 따르면 칼리프가 총애한 첩의 이름이 알자흐라Al-Zahra였다. 아랍어 '알자흐'는 오렌지나무와 꽃을 뜻한다. 칼리프는 사랑하는 여인을 위해 지상의 낙원 같은 이 도시를 건설했다. 흔적으로 남아 있는 수로와 저수조를 보면 아랍-이슬람 건축 특유의 기하학적인 미학을 엿볼 수 있다. 10세기 당시의 정원을 머릿속으로 그려본다. 섬세하고 정교한 양식, 물과 바람의 속삭임, 새들의 노랫소리, 꽃이 핀 오렌지나무들에서 풍겨 나오는 싱그러운 향기가 대답해주는 정경이 눈에 선하다.

그런데 비터오렌지Bitter Orange의 원산지는 아랍이 아니라 중국이다. 정확히 말하면 히말라야산맥이 원산지다. 비터오렌지는 아랍인 여행자들이 지중해 저수조 주변에 심었다. 711년에 이베리아 반도가 침략을 당해 이슬람 동방과 기독교 서방으로 문명이 둘로 나뉘면서 스페인에 비터오렌지가 심어졌다. 스페인의 한쪽은 알안달루스al-Andalus, 즉 이슬람이 지배하는 에스파냐였고 다른 한쪽은 기독교가 지배하는 히스파니아였다.

비터오렌지는 프랑스의 동남부, 이탈리아와의 경계에 있는 프로방스를

* 예언자 무함마드의 뒤를 이어 이슬람 교리의 순수성과 간결성을 유지하고, 종교를 수호하며, 동시에 이슬람 공동체를 통치하는 모든 일을 관장하는 이슬람 제국의 최고 통치자를 가리킨다. —옮긴이

거쳐 지금의 이름이 되었다. 16세기에 스위트오렌지Sweet Orange가 들어오면서 비터오렌지는 먹는 과일로서 인기가 떨어졌다. 이때부터 비터오렌지는 귀족과 부르주아들의 정원을 장식하는 나무가 되었다. 역사에 따르면 탐험가 바스쿠 다가마가 인도에서 돌아오면서 포르투갈에 스위트오렌지를 들여왔다고 한다. 또 다른 자료에 따르면 15세기 이탈리아에는 비터오렌지를 키우는 과수원이 있었다고 한다.

조향사들이 포르투갈의 비터오렌지 에센스를 오드콜로뉴의 배합 방식으로 만든 것은 17세기부터다. 포르투갈에서 온 스위트오렌지 에센스에 붙여진 이름이 오드콜로뉴Eau de Cologne다. 스위트오렌지는 세계에서 가장 많이 먹는 과일이다. 이에 비해 비터오렌지는 식용보다는 향수를 만드는 데 사용된다.

비터오렌지나무의 열매와 꽃, 잎사귀는 모두 에센스, 네롤리 에센셜 오일, 오렌지꽃 앱솔루트를 만드는 데 사용된다. 특히 비터오렌지의 꽃은 네롤리 에센셜 오일을 만드는 데 쓰인다. '네롤리Néroli'라는 단어는 이탈리아 로마 근교에 있는 브라차노Bracciano의 공작부인이자 네롤라Nerola의 공주였던 안 마리 오르시니Anne-Marie Orsini, 1642~1722의 이야기에서 영감을 받았다. 그녀는 오렌지꽃의 에센셜 오일을 장갑과 욕실에 뿌리는가 하면, 오렌지꽃을 증류해 얻은 물은 바디 케어용으로 사용했다고 한다.

비터오렌지나무는 매년 벌채를 거친 후 잎사귀와 가지는 휘발성 용매로 증류하거나 추출한다. 씨앗에서는 에센셜 오일이, 잎사귀에서는 앱솔루트가 만들어진다. 비터오렌지 씨앗으로 만들어진 에센셜 오일은 향수 업계에서 가장 많이 사용하는 에센셜 오일이며, 비용이 적게 들어 네롤리 대체용으로 쓰인다.

비터오렌지는 향수 말고도 마멀레이드나 잼을 만들 때 사용하는 재료로도 알려져 있다. 특히 영국인들에게 귀한 재료였다. 이집트에 머물던 영국

사람들은 왕실에 비터오렌지를 보냈는데, 수에즈 운하 분쟁 후에는 왕실에 공급할 수 있는 권리를 박탈당했다. 프랑스에서는 비터오렌지가 그랑마르니에Grand-Marnier나 쿠앵트로Cointreau 같은 리큐어*를 만드는 데 사용되기 시작했다. 이탈리아에서는 유명한 리큐어 캄프리Campri가 '쓴맛'을 대표한다.

비터오렌지는 조향사들이 그리 잘 사용하지 않는 재료다. 비용이 압도적으로 저렴한 스위트오렌지를 쓴 에센스를 더 선호하기 때문이다. 그런데 프레데릭 말Frédéric Malle이 출시한 '**콜론 비가라드**Cologne Bigarade, 콜론 오렌지, 2001'는 비터오렌지 에센스를 향수 재료로 사용했다. 그 뒤부터 비터오렌지는 다양한 오드콜로뉴와 오드뚜왈렛 제품에 쓰이기 시작했다.

오랫동안 비터오렌지의 추출물은 그라스에서 생산되었다. 하지만 1956년에 일어난 심각한 결빙으로 대부분의 오렌지나무가 자취를 감췄다. 오렌지나무는 영하 10도 이하의 온도를 견디지 못하기 때문이다. 추위에 더 잘 견디는 올리브나무는 가지치기를 한 덕분에 살아남았다. 결빙으로 프랑스의 비터오렌지 생산이 급격히 줄어들자 따뜻한 북아프리카가 유리한 위치에 올라섰다. 식민지 시절에 그라스 지방에서 온 회사들이 북아프리카에 뿌리를 내린 것이 새로운 기회가 된 셈이다. 튀니지의 나뵐Nabeul에 있는 회사들도 있고, 모로코의 페Fès와 마라케시 사이에 있는 회사들도 있다. 튀니지와 모로코는 현재 네롤리 에센셜 오일과 앱솔루트의 대표 생산지다. 파라과이는 비터오렌지 씨앗으로 만든 에센셜 오일의 주요 생산국이다.

* 알코올에 설탕과 식물성 향료 따위를 섞어서 만든 혼성주混成酒의 하나.

# 오스만투스

# Osmanthus fragrans

1980년대, 빗장을 걸어 잠갔던 중국이 세계에 문을 열고 시장경제를 도입했다. 중국은 서구권과 교류하기 위해 외환을 필요로 했다. 그래서 중국의 산업부 장관은 향수 혹은 향수 제조에 필요한 원료를 생산하기 위해 파트너들을 찾았다. 프랑스는 중국이 찾는 이상적인 파트너 국가였다. 중국은 거대한 대륙이었기 때문에 지역마다 기후가 다채롭고 꽃을 경작할 수 있는 미개척 땅이 많았다. 게다가 인건비가 저렴한 데다 향수의 재료를 심고 재배하고 가공할 준비가 되어 있는 노동 인력들이 충분했다. 산업 및 무역부 장관과 농업부 장관들은 꿈과 희망을 품기 시작했다.

그라스의 어느 공장에서 조향사로 일하고 있었던 나는 파트너십 가능성을 검토해달라는 요청과 함께 중국 상하이에 초대를 받았다. 상하이 관계자들과 처음 만나 인사를 나누고 첫 번째 거래를 위해 현지 향수 생산 공장에 방문한 다음, 이어서 재스민 밭으로 이동했다. 당시 내가 일하던 회사는 재스민 생산에 관심이 많았다. 하지만 방문한 밭에는 재스민이 아니

라 치자나무가 심겨 있었다. 다소 실망스러웠다. 그러자 중국 대표단은 이렇게 말했다. "치자나무를 다 뽑겠습니다. 어려운 일이 아닙니다. 3년 후에 다시 방문해주시면 원하는 것을 드리겠습니다." 하지만 그 이후 더 이상의 진전은 없었다.

같은 시기, 그라스 지방에 있던 또 다른 공장의 소유자이자 화학 교육을 담당하던 레미 부인 역시 중국 남부 광시 지방에 있는 구이린桂林, 계림으로부터 오스만투스꽃 수확을 참관해달라는 초대를 받았다. 오스만투스는 프랑스에서도 잘 알려진 나무였다. 19세기 부르주아 계층의 가정집 정원과 공원에서 꽤 유행했기 때문이다. 바가텔공원의 북쪽 입구에는 커다란 오스만투스가 있다. 11월에 오스만투스가 풍기는 향기를 맡는다면 후각이 예민한 사람은 깜짝 놀랄지도 모른다. 오스만투스의 꽃송이 크기는 머리핀 정도밖에 안 되지만 풍기는 향기는 엄청나게 강렬하기 때문이다.

그해 10월, 레미 부인은 직원 한 명과 함께 구이린 공항에 도착했다. 이들을 기다리는 대표단은 마오쩌둥의 옷에서 주로 보던 검은색 옷차림을 하고 있었다. 영어를 할 줄 아는 중국 관계자가 없었는데, 하물며 프랑스어를 하는 사람을 찾는다는 것은 더더욱 어려운 일이었다. 영어를 할 줄 아는 통역사의 도움으로 프레젠테이션이 이루어졌고, 레미 부인과 직원은 따뜻한 환대를 받았다.

중국 대표단은 프레젠테이션에서 광시 지방은 수천 년부터 야생에서 자란 오스만투스가 가득한 곳이라고 설명했다. 그리고 매년 같은 시기에 3주간 농민들의 지원을 받아 꽃 수확제가 열린다고도 했다. 특히 다양한 후박나무꽃 수확제가 열리는데, 수확된 꽃은 건조 과정을 거친 후 대부분 최고급 차와 일부 품종의 쌀을 위한 향료로 쓰이고, 나머지는 쌀로 만든 알코올과 음료에 첨가하는 착향료 추출물을 만드는 데 사용된다고 했다.

우리 측 엔지니어가 향을 맡아보고 싶다고 했다. 추출물의 향을 맡아본 엔지니어는 특이한 냄새가 있다고 했다. "추출 과정에서 사용되는 용매제가 뭐죠?" 엔지니어가 질문하자 통역사가 전달했다. 중국 대표단이 알아보겠다고 했다. 20분이 지난 후 중국 대표단이 답을 주었다. "말씀드릴 수 없습니다." 놀란 엔지니어가 직접 질문했다. "헥산인가요?" 그러자 즉시 답이 왔다. "예." 안심한 엔지니어가 다시 질문했다. "공장 좀 둘러봐도 될까요?" 중국 대표단이 답했다. "허가를 받아야 합니다."

기다리는 것을 싫어했던 우리 측 엔지니어는 짜증난 표정을 지었다. 허가 신청 절차를 밟는 동안 리강漓江에서 평화롭게 배를 탈 여유가 생겼다. 리강은 낙타의 등처럼 생긴 언덕이 강물에 비치는 모습이 멋지기로 유명한 곳인데, 이 절경을 감상할 수 있는 기회가 생긴 셈이었다.

그로부터 이틀 후, 공장 시찰이 이루어졌다. 대표단은 수확된 꽃을 소개했다. 나무들마다 아래에 천을 깔고 수천 개의 손이 나무들을 흔들었다. 프로방스의 올리브 채취 장면과 비슷했다. 꽃들이 떨어졌다. 떨어진 꽃들은 즉시 50리터짜리 플라스틱 양동이에 담겼다. 양동이의 절반은 소금과 물로 만든 식염수가 담겨 있었다. 꽃이 가득 담긴 양동이들은 트럭에 실려 공장으로 향했다. 이렇게 식염수에 보관된 꽃들은 맑은 물에 씻겨 소금기를 제거하고 적절한 처리 과정을 거쳤다. 처리 기간은 3개월이었다.

식염수에 담기기 전의 꽃에서는 차와 살구 향이 나지만, 식염수에 담긴 꽃에서는 가죽 냄새 같은 것이 강해진다. 올리브 파이에서 나는 냄새처럼 말이다. 요즘은 재배지가 여기저기 많아져 꽃 생산 능력이 높아졌다. 그러나 신선한 꽃을 처리하는 데는 여전히 시간이 걸린다.

레미 부인은 콘크리트 생산이 잘 되고 있는지 보기 위해 자주 중국을 오갔다. 콘크리트가 만들어지면 그라스로 옮겨 와 앱솔루트로 제조되었다. 이 모든 과정에 통역사도 함께했다. 통역사는 일을 하면서 레미 부인과 친해졌고, 그녀를 자신의 가족에게 소개했다. 덕분에 레미 부인은 중국에서 귀하게 여기는 또 다른 에센셜 오일을 접하게 되었다. 바로 목련 에센셜 오일이다. 목련의 꽃과 잎사귀는 증류 과정을 거치면 두 가지 서로 다른 에센스가 만들어진다.

2005년, 프랑스 럭셔리 브랜드들의 모임 콜베르위원회Comite Colbert는 중국의 '프랑스 해'를 기념하기 위해 메종 에르메스에게 향수 제작을 의뢰했다. 제작에 참여한 나는 고객이 원하는 향수를 만들기 위해 중국에 얽힌 나의 추억들을 떠올렸다.

나는 1980년대에 상하이에 출장을 다녀온 적이 있었고, 그로부터 몇 년 후 다시 상하이를 찾았다. 그때는 개인 여행으로 갔다. 특히 황산이 인상에 남았는데, 파리에서 열린 사진작가 마르크 리부Marc Riboud의 전시회에서 웅장하고 신비로운 황산의 흑백 사진을 본 기억이 있다. 그다음 방문한 도시는 베이징이었다. 정원을 좋아해서였다. 조향사는 대부분 정원을 좋아한다. 자금성의 황실 정원에 가보고 싶었다.

거대한 천안문 광장 뒤로 자금성이 모습을 드러냈다. 자금성에는 다섯 개의 문이 있는데, 이 문은 황금 물金水에서 나온 흰색 대리석으로 만들어졌다. 오문 중 하나인 가운데 문을 지나야 비로소 자금성을 감상할 수 있었다. 아름다운 자금성에 감탄한 나는 황실 정원을 둘러보기로 했다. 공공 정원이든 개인 정원이든, 정원은 한 민족과 한 개인의 미적 세계관을 축소해서 보여주는 장소다. 황실 정원도 예외는 아니다. 그런데 황실 정원까지 가려면 궁과 문, 정자를 여러 개 지나야 했다. 정자마다 우아한 이름이 붙여져 있었는데, 내가 어느 조용한 정자에 발을 들여놓자 갑자기 은은하고 기분 좋은 냄새가 났다. 그 냄새에 이끌린 나는 걸음을 멈추었다. 움직이기 싫었다. 이 은은하고 기분 좋은 향이 사라질까 봐 두려웠다. 내 코가 이끄는 대로 천천히 앞으로 걸어갔고 곤영궁을 지났다.

마침내 황실 정원의 가운데에 들어갔다. 황실 정원에는 오스만투스가 모여 있었는데, 잎사귀는 단단했고 황금색 꽃은 섬세했다. 꽃에서 차茶와 살구 향이 났다. 쌀알만큼 작은 꽃이 담고 있는 섬세한 매력에 완전히 사로잡혔다. 오스만투스나무는 프로방스의 올리브나무와 같은 식물 종에 속한다. 올리브나무의 꽃은 너무나 작아서 제대로 보는 사람이 드문데 그 작은 꽃에 코를 가져다 대면 재스민 향이 난다.

황실 정원은 중국이라는 세계와 닮아 있었다. 산과 강은 건국 신화에서 중심적인 역할을 차지한다. 이를 반영하듯 황실 정원은 귀한 식물들과 연못, 특이한 모양의 작은 인공 산으로 장식되어 있었다. 나는 오스만투스의 향기를 향수의 테마로 삼기로 했다. 처음에는 '중국의 나무'라는 이름을 지으려고 했다. 향수를 완성해 여덟 개의 병에 담아 여덟 개의 귀한 가죽끈으로 두른 후 베이징에 소개했다. 중국에서 '8'은 행운의 숫자다. 이후 내가 만든 이 향수는 에르메상스 컬렉션에 들어가 '**오스망뜨 윈난**Osmanthe Yunnan, 2005'이라는 이름으로 불렸다.

# 장미

# Rosa centifolia, R. damascena

"부인, 70세의 나이를 감추고 싶다면 봄의 팔레트 위에 있는 연한 색 장미로는 안 됩니다."

— 테오필 고티에Théophile Gautier, 《나전 칠보집*Émaux et Camées*》, 1852

노래에 사랑이 빠질 수 없듯이 향수에는 장미가 빠질 수 없다. 조향사들은 평생 동안 '장미'라는 테마를 다루고 또 다룬다. 입생로랑Yves Saint Laurent의 향수 '**파리**Paris', 겔랑의 향수 '**나헤마**Nahéma', 랑콤Lancôme의 향수 '**트레조**Trésor, 보물'는 음악에 빗대 표현하자면 장미를 테마로 내세워 히트한 곡들이다. 조향사들의 바이블로 통하는 《세계의 향수*Fragrances of the World*》*에 따르면 장미를 테마로 만든 향수는 70개가 넘는다고 한다.

나도 작곡가가 된 것처럼 장미를 테마로 한 향수의 멜로디를 만들기 위

* 미카엘 에드워드Michael Edward가 쓴 책.

해 책상에 앉았다. 이른 아침이어서 좁은 창문을 통해 햇빛이 실내 가득 쏟아져 들어왔다. 평소에 창문 밖으로 보이는 풍경은 에스테렐Estérel의 붉은 언덕과 지중해의 푸른색 바다다. 그런데 오늘 아침에 눈에 들어오는 건 오직 색채 덩어리뿐이었다. 물론 실제 눈앞에 있는 것은 지붕과 외관, 발코니, 나무, 언덕이지만 역광이 너무 강해서 그런지 세 가지 색채만 눈에 들어왔다. 언덕의 검푸른빛, 바다의 반짝이는 은빛, 하늘의 여린 회색빛. 러시아 출생의 프랑스 화가 니콜라 드 스탈Nicolas de Staël의 그림처럼 건조하고 차가우면서도 화려하게 빛나는 색채다.

반대로 아틀리에는 부드러운 황금색 빛으로 둘러싸여 있다. 고즈넉함 속에서 배합을 위해 혼자 저울 앞에 있는 이 순간이 정말 좋다. 옆에 있는 냉장고에서는 꿀벌이 내는 것처럼 웅웅 소리가 들린다. 냉장고 안에는 각종 냄새가 갇혀 있다.

장미라는 테마를 생각하면서 나는 책상 위 종이를 쓱 훑어보았다. 종이에는 원료의 이름과 배합이 적혀 있다. 처참한 결과를 만들어낸 배합 공식이었다. 경험을 통해 알게 된 사실인데 의욕이 너무 지나칠 때는 잠시 그 일을 멈추고, 열정이 적당히 식은 다음에 다시 시도해야 한다는 것이다. 작곡가처럼 새로운 멜로디를 창조하려면 감정을 어느 정도 가라앉혀야 하는 것이다.

원료의 목록을 적은 후 저울 옆에 종이를 놓았다. 재료의 향을 하나씩 맡아보고 싶다는 욕망이 생겼다. 정해진 배합의 양에 따라 재료를 넣기 전에 그러고 싶었다. 첫 번째 병에는 부르봉 제라늄 에센스가 담겨 있다. 향이 코를 자극한다. 제라늄은 아무런 처리를 하지 않으면 조금 섬세한 장미 향이 난다. 제라늄을 최대로 넣으면 블랙트러플(서양송로버섯)에 여주 열매를 섞은 듯한 향이 난다. 두 번째 병에는 당근 에센스가 들어 있다. 당근 씨앗을 증류해 얻은 것인데 흙, 붓꽃, 살구, 망고 과육, 장미가 섞인 향이 난다. 당근 에센스가 들려주는 이야기는 꽤 복잡해서 내가 생각하는 곡의 주요한 선율이 된다.

세 번째 병에는 페닐에틸알코올Phenylethyl Alcohol이 들어 있다. 페닐에틸알코올은 1904년 화학자들이 수백 가지 재료로 장미 향을 만들다가 발견한 합성 물질이다. 자기 주장이 강한 천연 재료와 달리 페닐에틸알코올은 말이 별로 없다. 그래서 페닐에틸알코올을 알아가려면 코를 들이대고 상상을 한 후 질문을 던져야 한다. 어느 정도 시간이 흐른 후에 병을 열어보면 페닐에틸알코올은 자신에게 장미 향이 난다는 이야기를 들려준다. 하지만 그냥 장미 향이 아니다. 너무 아름다워서 점점 시들어가는데도 불구하고 꽃병에 계속 꽂혀 있는 장미의 향이다. 혹은 뱅드가르드, 사케, 히아신스, 은방울꽃에서 나는 향과 비슷한 향이다. 기존의 세 가지 재료에 서너 가지 재료를 추가했다. 단순한 첨가가 아니라 새로운 만남이다. 이렇게 새로운 만남을 통해 각 재료들은 저마다 지닌 개성을 발휘한다. 향기의 합창, 향수의 시작이다.

가장 오래된 향수 제조법은 5,000년 전으로 거슬러 올라간다. 처음에 향수를 만들 때 사용한 것은 지방질의 친화력이다. 동물 지방이나 식물성 기름 같은 지방질은 특이하게도 향을 흡수한다. 냉장고에 버터와 멜론을 함께 넣으면 버터에서 멜론 맛이 나지 않던가? 파트리크 쥐스킨트Patrick Süskind의 소설 《향수*Das Parfum*》의 주인공 그루누이(태어날 때부터 후각 장애로 냄새를 맡지 못한다)가 영감을 얻은 향수 제조 방식이 바로 이 지방질의 친화력이다. 그르누이는 향기를 얻기 위해 젊은 여자들을 살해하는 인물이다.

지방질의 친화력을 활용하는 첫 번째 접근법은 햇빛을 받아 따뜻해진 팜유나 올리브유에 장미를 담근 후 리넨을 통해 여과시키는 것이다. 이때 두 사람이 막대기로 리넨을 휘저으면 향기가 밴 기름이 만들어진다.

고대 로마 시대의 박물학자 대大플리니우스Gaius Plinius Secundus는 향수를 만들려면 일곱 가지 장미를 사용하라고 했다. 그는 식물학을 공부했는데, 어떤 종류의 장미를 사용해야 하는지는 정확히 알려주지 않았다. 한참 후에야 그리스 도시에서 냉침법enfleurage이 발명되면서 새로운 기술이 등장했다. 냉침법이란 꽃의 향기를 상온에서 무취의 기름이나 지방 등에 노출시켜 향수를 만드는 방법으로, 당시에는 유리판을 끼운 나무틀에 악취를 제거한 돼지 지방이나 소 지방을 놓고 그 위에 꽃을 뿌렸다. 그러면 지방에 꽃향기가 스며든다. 일정 기간이 지나면 꽃들을 전부 치우고 새로운 꽃을 뿌린다. 그다음에 꽃향기가 밴 포마드를 에틸알코올로 씻는다. 알코올로 세척하면 지방이 빠지기 때문이다. 마지막으로 증류를 통해 알코올을 제거한다. 그러면 증류기 안에는 포마드 형태의 반고체 콘크리트만 남는다. 그런데 냉침법은 일손이 너무 많이 필요해 비용이 많이 든다는 단점이 있었다. 결국 냉침법은 1950년대에 완전히 사라졌다.

20세기 초에는 휘발성 용매제(벤젠)를 사용한 추출법이 등장했다. 포마드를 사용하는 향수에서 비계 냄새를 없애주는 방법이다. 이처럼 발전된 기술이 나타났지만 자연을 모방하려는 욕구를 가진 인간은 헤드 스페이스Head Space 기술을 발명하고야 만다. 이름 그대로 물리적인 처리 절차(증류, 추출) 없이 꽃향기를 분석하는 방법이다.

1998년, 미국항공우주국NASA은 우주선 디스커버리호에 장미를 태워 우주로 보냈다. 장미가 지구에서 풍기는 향기와 우주 공간에서 풍기는 향기가 어떻게 다른지 비교해보기 위해서다. 확인을 해야만 안심하는 인간의 욕구를 채워주려는 실험인 셈이다. “장미는 장미다.” 미국 소설가 거트루드 스타인Gerttude Stein이 쓴 시구절이다. 장미는 고도 57만 4,000킬로미터 상공에 있어도 여전히 장미 향을 풍겼다.

현존하는 수천 가지 종류의 장미 중에서 실제로 향수에 재료로 사용되는 장미는 두 종류뿐이다. 수익성과 생산성을 만족시키는 장미가 이 두 종류뿐이어서다. 하나는 '5월의 장미'로 불리는 서양장미centifolia rose, 또 하나는 다마스크장미rose damascena다. 두 장미는 중앙유럽과 소아시아에서 서식하는 프랑스장미로 뿌리가 같다.

두 종류의 장미는 아름답지는 않아도 에센스와 앱솔루트를 가장 많이 만들어준다. 에센스 1킬로그램을 만들려면 장미 3,000~4,000킬로그램이, 앱솔루트 1킬로그램을 만들려면 장미 1,500~2,000킬로그램이 필요하다. 다마스크장미는 주로 벨기에, 그리고 발칸반도 동부에 위치한 발칸산맥과 불가리아 중부에 걸쳐 있는 스레드나고라산맥 사이에서 재배된다. 튀르키예의 아나톨리아 고원 위 케지 보를루Keci-Borlu 계곡, 부르두르Burdur 호수, 이스파르타 이슬람쿄이Isparta-Islamkoy 사이에서도 재배된다. 모로코의 므굼M'Goum과 다데스Dadès 계곡에서도 재배된다. 다마스크장미에서는 에센셜 오일과 앱솔루트를 동시에 얻을 수 있다.

# 투베로즈

# Polianthes tuberosa

어느 날 오후, 산책을 마치고 집으로 돌아왔다. 햇빛은 밝았는데 갑자기 한기가 느껴졌다. 문을 열고 뒤를 돌아 정원을 바라보았다. 마지막까지 남아 있는 투베로즈가 보였다. 여름이 가을까지 길어지면서 생긴 선물이다. 내일 아침에 투베로즈를 따러 갈 생각이다.

저녁이 되어 인공 빛이 어둠을 밝히면 투베로즈는 부드러운 목소리로 재스민, 육두구, 단비가 섞인 듯한 향을 전한다. 투베로즈는 다발로 있으면 진한 목소리를 내지만, 혼자 있으면 은은한 목소리로 속삭인다. 미풍처럼 말이다. 신경을 날카롭게 만드는 강한 바람들과는 다르다. 매일 저녁 자정이 되면 투베로즈의 목소리는 더 이상 들리지 않고 다음 날이 되어야 다시 들리는데, 이때의 향기는 투베로즈의 일생처럼 계획이 되어 있다. 마치 《천일야화》에 나오는 셰에라자드 같다. 셰에라자드도 죽음을 면하기 위해 저녁이 되면 왕에게 이야기를 들려주니 말이다.

투베로즈의 고향은 인도 혹은 멕시코로 알려져 있다. 원예 관련 책에 따

르면 투베로즈는 1632년 혹은 1635년에 프로방스에 처음 등장했다. 당시 프로방스에서는 투베로즈를 가리켜 '인도의 히아신스'라고 불렀다. 투베로즈의 원산지와 투베로즈가 프로방스에 처음 등장한 연도를 놓고 토론이 이어지는 장면을 상상해본다. 투베로즈가 프로방스에 등장한 연도가 정확하지 않은 데는 이유가 있다. 투베로즈의 뿌리를 처음 가시고 온 것은 멕시코에서 돌아온 어느 프랑스인 선교사였다. 프랑스인 선교사는 툴롱 근처에 있는 어느 수도원의 정원에서 50년 전에 이미 투베로즈를 몰래 재배하고 있었다. 역사는 늘 논쟁을 불러일으킨다.

청소년 때가 되어서야 나는 그라스에 투베로즈가 핀 작은 꽃밭들이 있다는 사실을 알았다. 그 꽃밭들은 지금도 그 자리에 있다. 당시 기념품 가게에서 살 수 있는 엽서 중에는 1920년대의 투베로즈 흑백 사진이 들어간 엽서가 있었다. 아직도 그 엽서가 기억이 난다. 사진 속의 가늘고 섬세한 투베로즈들은 바구니에 담겨 있거나 여인들이 두른 앞치마를 장식했다.

투베로즈는 여성들만 딸 수 있다. 여성들은 예쁘게 차려입고 짚으로 만든 넓은 챙모자를 써서 태양 빛으로부터 얼굴을 보호한다. 이때 여성들이 장식용 꽃으로 사용하는 것이 투베로즈다. 투베로즈는 7월 중반에서 11월까지 채취하는데, 꽃을 피우는 때가 변덕스럽기 때문에 하루에 두세 번 투베로즈를 딴다. 재스민이나 장미를 딸 때는 아이들도 참여할 수 있지만, 투베로즈를 딸 때는 아이들은 접근 금지다. 투베로즈 향이 너무 강해서 두통을 일으킨다는 이유에서다. 그러나 사실은 전혀 다른 사정이 있다. 투베로즈는 줄기가 유리처럼 약해서 딸 때 주의를 하지 않으면 쉽게 끊어지기 때문이다.

1980년대 유럽에서 투베로즈 향수는 '향수계의 왕'으로 불렸다. 별명처럼 강력하고 화려한 향을 자랑하기 때문이다. 사회학자들은 1980년대를 가리켜 '풍요로움의 해'라고 부르는데, 아닌 게 아니라 당시 유럽은 돈이 넘쳐나는 시기였다. 지식인들이 생각지도 못한 대중적인 프랜차이즈도 이 시기에 발달했다.

높은 별점을 받은 고급 레스토랑들은 디올의 향수 '**쁘와종**Poisin, 독, 1985'이 주변 손님의 식사를 방해한다는 이유를 들며 이 향수를 뿌리고 오는 사람들을 식당에 들여보내지 않았다. 그러나 이 같은 노이즈 마케팅이 오히려 광고 효과를 톡톡히 냈다. 쁘와종이 10년간 최고의 인기를 누렸으니 말이다. 당시 쁘와종은 베르사유궁전의 별궁인 '트리아농Trianon'이라는 별칭으로도 불리었는데, 루이 14세를 전문적으로 연구한 역사학자 피에르 드 놀락Pierre de Nolhac은 생시몽 공작의 말을 인용해 이런 글을 썼다.

"트리아농궁전의 저녁만큼 멋진 것은 없다. 화단은 매일 꽃 구성이 달라진다. 국왕 폐하와 모든 궁정 사람들은 저녁이 되면 투베로즈의 강한 향에 놀라 화단에서 발길을 돌리곤 한다. 투베로즈가 많이 핀 정원에는 그 누구도 오래 머물지 못한다. 아무리 운하만 한 테라스에 있어도 그 향으로부터 안전하지 않다."

패션과 마찬가지로 향수에도 시대가 고스란히 투영된다. 디자이너 로베르트 피게가 출시한 향수 '**프라카**Fracas, 굉음, 1947'도 투베로즈를 사용했다. 투베로즈는 전쟁이 끝나고 찾아온 풍요로움의 시대를 상징했기에 이 향수는 성공을 거둘 수밖에 없었다. 그러나 정작 투베로즈는 모두가 즐길 수 있는 꽃은 아니었다. 아이러니한 일이다.

투베로즈의 또 다른 별칭은 '밤의 여왕'이었다. 쿠바에서는 결혼식 부케로, 멕시코에서는 고인의 관을 장식하는 꽃으로 투베로즈를 사용해서다. 조향사 세르주 루텐Serge Lutens은 투베로즈의 상징성을 활용해 '**투베로즈 크리미널**Tubéreuse criminelle, 죄를 지은 투베로즈, 1999'을 만들기도 했다. 인도에서 투베로즈는 연인과 신혼부부를 상징하는 꽃이다. 현재 인도는 투베로즈를 콘크리트 형태의 추출물로 생산하는 유일한 나라다. 투베로즈 콘크리트는 그라스로 운반되어 에센스 오일로 완성된다. 이를 알게 되니 이런 기회를 잡지 못한 멕시코가 안타깝게 느껴진다.

인도에서 생산되는 전체 꽃 중에 향수용은 10퍼센트밖에 되지 않는다. 인도에서는 꽃이 남녀 모두에게 인기가 있는데, 향신료 때문에 끌렸던 도시인 코친Cochin 거리에서는 황금빛으로 아름답게 빛나는 얼굴에 윤기 있는 검은색 머리카락을 땋은 여성들이 화환을 머리 위에 쓴 모습을 심심치 않게 본다. 전통적으로 화환은 머리를 보호하는 역할을 한다. 막 피어난 투베로즈로 만든 화환의 가격은 지름 20센티미터짜리가 고작 몇 루피다. 투베로즈는 가난한 사람들이 부담 없이 살 수 있는 장미다. 투베로즈 화환은 색깔에 따라 의미가 다르다. 투베로즈는 화려한 아름다움을 뜻한다. 전통의상인 사리의 색깔과 무늬도 이 투베로즈다. 여성들은 다양한 색의 투베로즈를 배합해 몸을 장식할 수 있다. 단, 장례를 뜻하는 흰색 투베로즈는 피한다.

인도는 오랜 가뭄이 지속되다가 몇 날 며칠 폭우가 쏟아지는 등 기후가 무척이나 변덕스럽다. 이곳 도시들은 악취로 악명 높은데, 배수관 관리가 엉망인 데다 도로 위에는 동물들이 싼 배설물이 방치돼 있고 집집마다 곰팡이 냄새가 풍긴다. 코친의 생선 시장을 방문했다가 손수건으로 코를 막으며 걸었던 일이 생각난다. 하지만 신비하게도 이 나라에 머물수록 좋은 냄새든 나쁜 냄새든 모든 냄새가 친구처럼 느껴졌다. 이런 극단적 환경에 강한 냄새를 좋아하는 인도 사람들이니만큼 투베로즈는 그들에게 안성맞춤이다.

다른 나라와 달리 인도는 향수에 딱히 남녀 구분이 없다. 다만 향수 가격에 따라 그것을 살 수 있는 사회적인 계급(카스트)이 정해진다. 길을 걷다 보면 신전이나 모스크 앞에서 노상 조향사들을 쉽게 만날 수 있다. 노상 조향사들은 즉석에서 향수를 만들어주는데, 너무 비싼 값에 향수를 팔 수 없고 손님도 흥정을 할 수 없다. 신을 만나러 가는 곳에서 흥정을 한다는 것은 있을 수 없는 일이라고 생각하는 것이다.

향수 사랑으로 유명한 나라가 프랑스와 인도다. 실제로 인도는 프랑스와 함께 아랍에미리트에 향수를 가장 많이 파는 나라다. 인도에는 무슬림 인도인들의 생활습관에 맞춘 향수 제품들이 있다. 무슬림은 무알코올 향수를 선호한다.

# 일랑일랑

# Cananga odorata

학창 시절, 공부를 좋아하는 모범생과는 거리가 멀었던 나는 향수 공장에서 일하면서 지리에 대한 지식을 습득했다. 향수 공장에는 향수를 만드는 데 사용하는 재료가 담긴 거대한 마대 자루들이 수시로 들어왔다. 진한 향을 풍기는 마대 자루 위에는 증류할 원료들의 이름과 원산지가 커다란 글자로 적혀 있었다. 예를 들어 파촐리 잎사귀는 수마트라에서 왔고, 백단나무는 인도에서 왔고, 유향나무는 소말리아에서 왔고, 안식향나무는 라오스에서 왔고, 참나무 이끼는 모로코 또는 유고슬라비아에서 왔다. 그리고 정향과 바닐라, 후추는 마다가스카르에서 왔고, 통카콩나무는 페루에서 왔다.

재료는 대부분 건조 상태였기에 1년 내내 증류하거나 추출할 수 있었다. 건조되지 않은 싱싱한 재료를 사용하려면 주변에서 얻을 수 있는 것이어야 한다. 장미와 라벤더, 재스민이 대표적이다. 이 재료들은 꽃이 피면 곧바로 딴다. 전 세계 대륙에서 온 갖가지 재료들은 나의 상상력을 자극하

기에 충분했고, 나를 공상의 세계로 이끌었다.

이후부터 나는 향수를 만들 때 상상력을 동원하는 일이 많아졌다. 막연한 콘셉트만 생각하고 수천 킬로미터를 직접 다니는 것보다 어떤 면에서는 훨씬 효율적이었다. 그러나 말은 이렇게 해도 인도양의 레위니옹섬에 직접 가본 후 이 섬과 사랑에 빠졌다. 어떻게 생각하면 멀지만 또 어떻게 생각하면 가까운 레위니옹섬은 파리 사람들에게 휴양지로 손색없는, 특히 겨울에 즐길 수 있는 특별한 섬이다.

섬의 중심 도시인 생드니Saint-Denis에서는 모든 것이 향과 색채, 빛으로 통한다. 이곳은 그늘이 잘 보이지 않는다. 개인적으로 나는 생드니의 시장들을 매우 좋아한다. 관광객들은 섬의 또 다른 도시 생폴Saint-Paul의 유명한 시장을 아주 좋아하는데, 나는 이곳보다는 생드니의 작은 시장을 좋아한다. 일랑일랑의 매력적이고 나른한 향을 만날 수 있기 때문이다. 일랑일랑 향은 시장의 정문에서부터 풍긴다. 감미로운 향을 오래 즐기고 싶다면 시장의 뒤쪽 후문으로는 가지 않는 것이 좋다. 가금 사육장이 있어서 그리 좋지 않은 냄새가 나기 때문이다.

일랑일랑은 평범한 나무가 아니다.
일단 모양부터 하늘을 향해
몸을 비틀어 올린 것처럼 독특하게 생겼다.
팔처럼 생긴 가지에는 잎사귀가 붙어 있고
손가락처럼 생긴 가지에는 별처럼 생긴
연노란색 꽃이 피어 있다.
외양은 독특하지만 일랑일랑이
한숨처럼 내쉬는 향은 아주 매력적이다.

인도양의 또 다른 섬 코모로Comores나 마요트Mayotte는 가본 적이 없지만, 이 두 섬에서 생산되는 일랑일랑 에센셜 오일은 전 세계로 수출된다. 초짜 조향사일 때 일랑일랑 엑스트라(첫 번째 추출물로 최고등급), 1차 , 2차, 3차(엑스트라 이후의 추출물 등급) 추출물을 분석하는 법을 배웠다. 일랑일랑 엑스트라는 증류 초반에 나온다. 그다음에 나오는 것이 1차 일랑일랑 추출물이다. 증류 시작 후 여섯 시간째에 나오는 것이 2차 일랑일랑 추출물이다. 이런 식으로 증류가 끝날 때까지 3차 일랑일랑 추출물 등이 계속 나온다. 추출이 끝나려면 스무 시간이 걸리기도 한다. 엑스트라는 고급 향수 재료로 사용되고, 그 외 나머지 추출물은 비누의 재료로 쓰인다. 일랑일랑은 향수 재료 중에서는 들인 노력 대비 효율이 좋은, 장점을 두루두루 갖춘 무난한 식물이다.

목련과에 속하는 일랑일랑은 원산지가 인도네시아 동쪽에 있는 말루쿠Maluku 제도다. 일랑일랑의 학명인 '카난가Cananga'는 말레이시아어 '케논가Kenonga', '카난가Kananga'에서 나온 것이다. 일랑일랑이 최초로 증류된 것은 1860년 필리핀 마닐라 지역에서였다. 18세기에 일랑일랑은 레위니옹섬에서 부유한 식민 통치자들의 집을 장식하는 데 사용되었다. 1880년 본국의 프랑스인들은 필리핀 사람들이 약으로 사용하려고 일랑일랑의 에센스를 만든다는 사실을 알게 되었다. 여기서 아이디어를 얻은 본국인들은 일랑일랑을 숲에 심기로 하고 필리핀에서 수입해왔다. 일랑일랑 에센셜 오일은 1889년 파리만국박람회에 처음으로 소개됐는데, 이때 강렬하고 유혹적인 일랑일랑 특유의 향이 사람들에게 널리 알려졌다. 그래서 일랑일랑은 최음 효과와 최면 효과가 있는 향수로 주목받기도 했다. 다만 일랑일랑은 대량생산을 할 수 없다.

1905년 일랑일랑에서 100킬로그램의 에센셜 오일이 추출되었다. 조향사들 사이에서 일랑일랑에 대한 관심과 수요가 주체할 수 없이 높아지자,

생산량이 늘고 가격도 덩달아 고공행진을 했다. 레위니옹섬은 오랫동안 주로 사탕수수를 재배했으나 몇 년 만에 일랑일랑 수천 그루를 심게 되었다. 이쯤 되자 레위니옹섬과 필리핀 사이에 일랑일랑을 놓고 무역 경쟁이 심해지기 시작했다. 1920년에는 5,000킬로그램의 에센스가 수출되었다.

향수 '샤넬 넘버5'를 막 탄생시킨
에르네스트 보는 후각이 남달리 예민하기로 유명한데,
그가 일랑일랑을 향수 재료로 사용하기 시작했다.
일랑일랑에 대한 에르네스트 보의 이야기를 들어보자.
"일랑일랑은 재스민과 함께
가장 좋아하는 향입니다."

하지만 일랑일랑의 인기도 오래가지는 않았다. 생산자들에게는 안타까운 일이지만 일랑일랑은 레위니옹섬과 인도양의 다른 섬들 사이에 생산 경쟁이 붙으면서 가격이 떨어졌다. 냉혹한 시장의 법칙이다. 이렇게 가격이 떨어지자 레위니옹섬에서 일랑일랑의 생산도 멈추었다. 레위니옹섬에 있던 일랑일랑나무들은 뽑혔고, 부유층 집주인들은 다시 사탕수수를 심도록 했다. 사탕수수는 기르고 수확하기가 쉬운 데다 비용도 상대적으로 덜 들어 수익성이 좋았다.

현재 코모로 연합은 일랑일랑의 최대 생산지이고, 마다가스카르와 마요트가 그 뒤를 잇고 있다. 참고로 프랑스령 섬인 마요트는 프랑스에서 유일하게 일랑일랑을 생산하는 곳이 되었다. 열대 나무인 일랑일랑은 1년 내내 꽃을 피우는 것이 특징이다. 심지어는 우기 중에도 꽃을 피운다. 여성들은 일랑일랑 꽃을 따고, 남성들은 수확된 일랑일랑 꽃의 무게를 측정한다. 나무 한 그루마다 꽃 20킬로그램을 얻을 수 있다. 일랑일랑을 매일 증류하는 것도 남성들의 일이다. 일랑일랑은 적은 양으로도 에센셜 오일을 많이 생산할 수 있는 꽃이다. 일랑일랑 꽃 50킬로그램만 있으면 추출물 1킬로그램을 생산할 수 있다. 장미의 경우 같은 양의 에센셜 오일을 얻으려면 꽃 4,000킬로그램이 필요하다.

"배젖에 수분이 이루어져 자라는 부분.
수분이 이루어지면 씨방이 자라서 꽃이 된다.
성숙한 꽃 안에는 씨앗이 생긴다.

(열매는 씨앗이 자라는 동안 보호막의 역할을 한다.
열매는 씨앗이 퍼질 수 있게 돕는 역할도 한다.)"

—《라루스 백과사전》

# 열매

향수에서는 자두와 사과, 배, 복숭아, 살구의 향은 '과수원 과일 향'으로 분류된다. 딸기와 산딸기, 오디, 체리의 향은 '붉은 과일 향'으로 분류된다. 파인애플과 패션 프루트, 망고, 바나나의 향은 '열대 과일 향'으로 분류된다. 그런데 이 모든 종류의 과일 향은 최소 두 개 이상의 화학물질들을 섞어서 만든 것이다. 각각의 화학물질에는 과일 향이 나는 것이 전혀 없어서다. 실제로 과실 중엔 서양자두만이 천연 과일 상태로 향수 제조에 사용된다. 한편 까막까치밥나무의 열매인 블랙커런트는 과일이나 꽃이 아니라 싹에서 향이 나온다.

# 베르가못

## Citrus bergamia

조향사이다 보니 사람들을 만나면 특별히 선호하는 향이 따로 있느냐는 질문을 자주 받곤 한다. 그럴 때마다 나는 "아니오"라고 대답한다. 그러고는 향이라면 가리지 않고 모두 좋아하고, 각각의 향마다 좋아하는 이유도 다르다고 대답한다. 하지만 내가 이렇게 대답하는 속내는 사실 따로 있다. 향수를 제조할 때 향은 기본적으로 화학 처리를 해서 만든다. 조향사로서 나 역시 향을 만들어낼 때 화학 처리를 하는데, 이 사실을 굳이 밝히고 싶지 않기 때문에 은연중에 모든 향을 다 좋아한다고 대답하는 것 같다.

조향사가 하는 일은 마술사가 하는 일과 비슷하다. 사실 나는 특별히 선호하는 향이 있다. 기분에 따라 그때그때 선호하는 향도 달라진다. 사랑에도 일시적으로 타오르는 짧고 강렬한 사랑이 있는 반면 더디지만 단단하고 오래 가는 사랑이 있다. 베르가못의 향은 더디지만 단단하고 오래 가는 사랑에 속한다.

1992년에 이탈리아의 주얼리 브랜드 불가리Bulgari의 의뢰를 받아 마시

는 차를 테마로 한 향수를 만들었다. 정확히 말하자면 차의 향을 재현한 향수였다. 실제 배합에는 차 추출물은 들어가지 않고 베르가못과 세 종류의 화학물질이 쓰였다. 세 가지 화학물질에서 각각 나는 냄새를 맡아보니 내가 표현하고 싶은 향을 살려줄 것 같지 않았다. 그러나 이 화학물질을 잘 섞으면 마법처럼 차의 향을 재현해 차를 테마로 한 향수의 스토리텔링을 만들 수 있을 것 같았다. 일본 문화에 남다른 애정이 있던 나는 불가리 측에 향수의 이름을 '**오 파퓨메 오 떼 베르**Eau parfumée au thé vert'로 제안했다. '녹차 향수'라는 의미였다. 물론 실제 향수에서 나는 향은 베르가못 차, 얼그레이 차의 향에 가까웠지만 말이다.

나는 그 이후 에르메스에 입사했다. 장인과 예술가들을 존중하는 에르메스에서는 당시 최고 품질의 베르가못 에센스를 찾고 있었다. 나는 시칠리아의 베르가못 생산자에게 연락했다. 그 생산자의 명성은 익히 들어 알고 있었다.

시칠리아 생산자의 초대를 받아 그해 12월에 시칠리아행 비행기를 탔다. 12월은 베르가못 열매의 수확이 시작되는 달이었다. 생산자는 뒤로 에트나Etna 화산이 있는 카타니아 공항에서 나를 기다리고 있었다. 키가 크고 품위가 있는 나이 지긋한 남성이었다. 미소 띤 얼굴로 조심스럽게 자기소개를 하는 그를 보면서 이탈리아의 작가 주세페 토마시 디 람페두사Giuseppe Tomasi di Lampedusa의 소설 《표범》에 나오는 살리나의 왕자를 떠올렸다.

공장은 시칠리아 북동부에 있는 메시나Messina 근처의 항구 도시 밀라초Milazzo에 있었다. 생산자와 함께 공장으로 이동하는 길에는 100킬로미터의 고속도로가 펼쳐져 있었다. 그는 자동차와 스피드를 사랑했다. 나와는 취향이 정반대였다. 한 시간도 채 되지 않아 우리는 공장 앞에 도착했다. 반듯한 육면체 모양의 공장은 주변이 싱그러운 초록 정원으로 둘러싸여 있었고, 공장 앞은 지중해의 사파이어 블루가 펼쳐져 있었다.

스테인리스강으로 만들어진 추출 기계들은 백자 타일이 깔린 바닥처럼 자체적으로 빛이 났다. 추출 기계들을 다 돌아보자 생산자는 나를 사무실로 안내했다. 업무를 보는 무대라 할 수 있는 사무실은 주인인 그의 취향이 고스란히 담겨 있었다. 책꽂이와 윤이 나는 넓은 목재 책상이 사무실 한쪽 공간을 차지하고 있었고, 그 앞에는 넓고 높은 소파들이 두꺼운 양탄자 위에 놓여 있었다. 샹들리에가 매달려 있는 천장 아래로는 자수가 수놓아진 커튼이 창문에 드리워져 있었다.

그는 내게 앉으라고 권하면서 베르가못은 시칠리아가 아니라 서남부 반도 지역인 칼라브리아Calabria에 있다고 설명했다. 베르가못의 초기 에센스는 즉석에서 바로 추출하는데, 그래야만 베르가못 열매를 운반하느라 중간에서 상하는 일이 없고 향도 약해지지 않는다고 했다. 나는 그의 말을 집중하며 들었다. 생산자가 아는 지식이 나에게는 없었기 때문이다.

저녁이 되자 베르가못 생산자는 나를 집으로 초대했다. 커다란 창문이 달린 흰색의 멋진 집이었다. 창문 아래로는 바다가 보였고, 옥상 테라스에서는 도시 주변을 둥그렇게 둘러싼 산들이 보였다. 이 집을 방문한 여느 사람들처럼 나도 탁 트인 풍경과 반짝이는 햇살을 보자 흥분이 되었고, 즐거운 시간을 보냈다.

다음 날, 우리는 아침 일찍 집을 나섰다. 신비한 메시나 해협에서 칼라브리아의 빌라 산 조반니Villa San Giovanni 도시까지 연결되는 페리 보트를 타기 위해서였다. 보트를 타고 금방 도착한 곳에는 베르가못의 순수 에센스를 생산하는 어느 농업 경영자가 자신의 집이자 공장의 마당에서 우리를 기다리고 있었다. 근처에는 콘도푸리Condofuri 마을이 있었다. 왼쪽 방향으로 가면 그의 부모와 자녀, 손주와 손주 며느리들이 사는 집이, 오른쪽 방향으로 가면 정사각형 모양의 공장이 있었다. 남자는 키는 작지만 다부진

몸매의 소유자였다. 얼굴은 네모났고, 희끗한 머리카락은 숱이 아주 많았으며, 검은색 눈동자는 짓궂어 보였다. 짙은 색의 낡은 바지에 짙은 파란색 재킷을 입은 그는 우리를 이탈리아어로 맞아주었다.

나와 같이 온 생산자와는 시칠리아어로 계속 말했는데, 몇 미터 떨어져 있었지만 한눈에 봐도 두 사람이 중요한 이야기를 나눈다는 걸 알 수 있었다. 약 15분간 이어진 두 사람의 대화가 끝나고 나서 농업 경영인의 기계를 둘러보았다. 에센스가 생산되는 과정을 직접 볼 수 있는 기회도 제안받았다. 기계 돌아가는 소리가 시끄러웠지만, 강렬한 향에 집중하다 보니 소음은 어느 틈엔가 작게 들리는 것 같았다. 화학 처리가 되기 이전의 순수한 향을 직접 경험하는 즐거움을 누릴 흔치 않은 기회였다. 그 순간은 아무 생각도 나지 않았다.

칼라브리아를 처음 찾은 당시에 농부들에게 민담처럼 내려오는 이야기를 들었는데, 집 정원에 베르가못나무를 심으면 부자가 된다는 것이었다. 나는 미신을 믿지 않는 편이었지만, 농부들의 이야기를 듣고 난 후에 집 입구 주변에 베르가못나무 두 그루를 심었다.

베르가못은 레몬나무와 비터오렌지나무 사이의 자연 교접으로 탄생한 열매로 비교적 최근에 개량되어 나왔다. 레몬나무가 어머니, 비터오렌지나무가 아버지라 할 수 있었다. 서양자두류의 다른 과일들과 마찬가지로 베르가못도 열매껍질을 기계로 벗기면 에센스가 추출된다. 껍질에는 에센스가 들어 있다. 이 과정을 '냉각법'이라고 한다.

베르가못의 에센스는 과일의 성숙도에 따라 향이 달라지는 것이 특징이다. 예를 들어 녹색 열매에서 얻은 에센스는 상큼하면서 강렬한 향을 내지만, 노란색 열매에서 얻은 에센스는 풍부한 꽃 향을 낸다. 베르가못 에센스를 최초로 사용한 인물은 장 마리 파리나Jean Maria Farina로 1709년에 베르가못 에센스가 들어간 오드콜로뉴를 만들었다. 오드콜로뉴의 '콜로뉴

Cologne'는 독일의 도시 쾰른Köln에서 이름을 따온 것이다. 이후 오드콜로뉴는 향수의 한 계열이 되었는데, 향이 깔끔하고 상쾌해서 지금은 가장 대중적인 향수로 자리 잡았다.

# 블랙커런트

# Ribes nigrum L.

프랑스의 바로크 시대 화가 조르주 드 라 투르Georges de La Tour의 그림에서 보던 빛과 그림자 효과를 직접 경험한 적이 있었다. 20세기의 어느 저녁, 벽난로 곁에 가족이 모여 있는 장면을 한번 떠올려보라. 가족 사이에 대화가 화기애애하게 오가고 구성원들의 얼굴과 손은 벽난로의 불에서 나오는 온기에 둘러싸인다. 벽난로에서 자작자작 타오르는 불은 따뜻한 호박색이다. 세월의 흔적이 묻어나는 손들이 칼의 힘을 빌어 까막까치밥나무의 잔가지들을 다듬는다. 전구는 천장에 가느다란 전깃줄로 연결되어 있다. 전구에서 나오는 빛이 테이블과 가지 다발을 비춘다. 가지 다발은 벽난로 불을 지피는 땔감이 되어 천천히 수가 줄어든다. 바깥에는 밤이 얼어붙은 듯 사위가 고요하다.

내가 지금 있는 곳은 와인으로 유명한 프랑스 동부 지방 부르고뉴Bourgogne다. 나는 제브레 샹베르탱Gevery-Chambertin, 알록스 코르통Aloxe-Corton, 본 로마네Vosne-romanée 같은 와인의 마니아다. 그런데 로마네 콩티

1976

Romanée-Conti가 눈앞에 있다니 꿈같아서 믿기지 않는다. 로마네 콩티와 함께 즐거운 부르고뉴 생활을 만끽하고 있다. 부르고뉴 사람들에게 와인 다음으로 수입원이 되는 효자 같은 존재가 까막까치밥나무라고 한다. 식료품 회사는 이곳에서 까막까치밥나무의 열매인 블랙커런트를 1톤 단위 기준으로 구입해 리큐어나 크림을 만든다. 12월이 되면 낮은 짧아지고 밤은 길고 춥다. 포도나무와 까막까치밥나무는 겨울이 오기 전에 미리 다 베어놓는다.

겨울 저녁이면 부르고뉴 사람들에게는 으레 하는 일이 있다. 까막까치밥나무 잔가지를 다듬어 향이 나는 싹눈을 골라내는 일이다. 향이 나는 블랙커런트 싹눈은 판매용이다. 블랙커런트 싹눈을 따로 잘라내는 일은 길고도 지루한 작업이다. 더구나 한 사람이 하루 온종일 작업해도 싹눈 1킬로그램밖에 얻지 못한다.

향수와 향료 산업을 주로 하는 그라스 지방의 공장들은 오래전부터 블랙커런트를 사들여 콘크리트를 만들었다. 블랙커런트 콘크리트는 아이스크림과 샤베트의 향료로 사용된다. 그라스 지방의 공장들은 부르고뉴와 부르기뇽Bourguignon을 잘 알고 있다. 그리고 부르고뉴와 부르기뇽과의 비즈니스는 꽤 까다로워서 잘 준비하지 않으면 자칫 아무 성과 없이 지난 연도의 와인만 시음하다가 빈손으로 올 수 있다는 사실도 주지하고 있다. 이 두 지역과 제대로 비즈니스를 하려면 회의와 대화를 반복해야 한다. 우려낸 블랙커런트는 향이 퍼져나가 혼성주인 리큐어의 맛을 높여주는 것으로 알려져 있다. 1841년 디종Dijon에서 탄생한 리큐어는 라타피아Ratafia를 대신하게 됐는데, 라타피아는 포도즙과 알코올, 블랙커런트를 설탕에 졸여 만든 식전 음료다.

블랙커런트의 싹눈을 채취하면 그다음엔 증류해서 즙을 추출한다. 블랙커런트의 싹눈은 귀한 재료다. 블랙커런트 앱솔루트 에센스 1킬로그램을 얻으려면 블랙커런트의 싹눈이 최소 30킬로그램은 필요하다. 이 정도 양의 싹눈을 마련하려면 180시간 동안 수작업을 해야 한다.

블랙커런트의 싹눈이 함유된 최초의 향수는 두 가지가 있다. 하나는 겔랑의 '**샤마드**Chamade, 심장이 고동치는 소리, 1969', 또 하나는 이후에 출시된 반클리프 아펠의 '**퍼스트**'다. 다행히 최근에는 블랙커런트 싹눈의 생산 과정이 기계화되었다. 일정 기간 동안 재배된 블랙커런트 싹눈은 이제 기계를 통해 따로 베어진다. 식물은 곧은 가지를 기준으로 따로 분류되는데 이렇게 하면 싹눈을 자르는 작업이 한결 쉬워진다.

블랙커런트 밭은 확대되어서 지금은 크게 두 종류로 나뉘어진다. 하나는 블랙커런트 열매를 수확하기 위한 짙은 색 블랙커런트 밭이고, 또 하나는 블랙커런트 싹눈을 수확하기 위한 옅은 색 블랙커런트 밭이다. 요즘은 저녁이 되면 TV 앞에 가족들이 모인다지만, 이곳 부르고뉴에서는 여전히 벽난로 앞에 가족들이 오순도순 모여 앉는다. 벽난로에서 나오는 불그스레한 불빛이 가족의 얼굴, 카드놀이를 하는 어른들의 손, 게임보이에 몰두하는 아이들을 비춘다.

역사적으로 까막까치밥나무는 북유럽에서 자생하다가 스칸디나비아 북부 지역인 라플란드와 시베리아까지 퍼진 무성한 잎의 나무다. 더운 날씨를 싫어하는 까막까치밥나무는 그리스와 로마에서는 자라지 않았다. 16세기에 사냥에 관한 입문서가 나오면서 '까막까치밥나무'라는 단어가 처음 등장했다. 이 책에서 까막까치밥나무의 잎사귀는 살모사에게 물린 개를 치료할 수 있는 약으로 소개되었는데, 그 효과가 어느 정도인지는 나와 있지 않다. 18세기에 신부였던 바이 드 몽타롱Bailly de Montaron은 《까막까치밥나무의 놀라운 효능*Les Pripriétés admirables du cassis*》을 펴내 잎사귀와 싹눈이 사람에게도 효과가 있다고 설명했다.

1878년에 포도나무 뿌리 진디병이 부르고뉴에 퍼졌는데, 마침 부르고뉴에서는 까막까치밥나무로 리큐어를 생산하는 사업이 시작되고 있었다. 포도나무 뿌리 진디병의 피해가 어찌나 컸던지 많은 포도 재배업자들이 포도나무를 버리고 까막까치밥나무를 기르기 시작했다. 포도나무가 다시 부르고뉴에 심어진 것은 그로부터 약 100년이 지난 1970년대부터였다.

언젠가 두바이를 찾았을 때, 부르즈 알 아랍Burj al-Arab으로부터 저녁 초대를 받았다. 부르즈 알 아랍은 인공 섬에 위치한 화려한 7성급 호텔로, 아라비아 유목민의 전통 돛단배인 삼각돛 모양을 본뜬 독특한 건물이 유명한 곳이다.

그곳에서 나는 프랑스인 셰프와 프랑스인 소믈리에를 소개받았다. 무슬림 국가에서 프랑스 와인의 위상이 어느 정도인지 궁금했던 나는 저녁 파티에서 프랑스 와인이 인기가 많은지 소믈리에에게 물었다. 소믈리에는 로마네 콩티 두 병이 나갔다고 대답했다. 그 말을 들으니 기뻤다. 그리고 나는 소믈리에게 아직 로마네 콩티는 입에도 대본 적이 없다고 말했다. 그는 환하게 미소를 짓더니 이렇게 덧붙였다. “블랙커런트 크림이 들어간 와인 한 병도 주문을 받았습니다.” “대단하네요. 부르고뉴 와인이 높은 평가를 받으니 말이에요.” 내가 말했다. “아뇨. 로마네 콩티와 섞어서 마시면 단맛이 나지 않을까 해서 손님들이 주문한 겁니다.” 그 말을 듣고 나는 다시 한 번 웃었다.

# 레몬

# Citrus limon

레몬을 생각하면 자동적으로 머리에 떠오르는 영화의 한 장면이 있다. 루이 말Louis Malle 감독의 영화 〈아틀란틱 시티*Atlantic City*〉의 첫 장면이다. 여주인공 역을 맡은 수잔 서랜든은 굴 전문 바에서 일했는데, 저녁에 집에 돌아오면 창문을 열고는 싱크대로 가서 레몬 반 조각으로 팔과 손목, 목을 천천히 문질렀다. 레몬즙을 이용해 몸에서 나는 굴 냄새를 없애려는 것이었다. 이 장면만큼 레몬 향이 에로틱하게 표현된 것을 본 적이 없다. 그 뒤로 레몬을 볼 때마다 나는 이 영화 속 장면이 생각난다.

요즘은 레몬 조각을 몸에 직접 문지르지 않고 디퓨저로 향수를 뿌린다. 그러나 디퓨저를 사용해 향수를 뿌리면 영화 속 장면처럼 관능적인 느낌이 안 난다는 생각이 들곤 했다. 향수를 손가락에 묻혀 목과 귓불, 어깨, 손목, 팔에 바를 때 좀 더 관능적인 느낌이 난다. 여성들은 향수와 피부가 만나는 곳을 찾아낼 줄 안다. 향수를 뿌릴 때조차 마치 스포츠 선수라도 되는 것처럼 투박하고 거친 남성들과는 다르다.

그러나 이렇게 매력적인 레몬 향은 이후 안타깝게도 주방용 액체 세제와 식기세척기를 떠올리게 만드는 향이 되고 말았다. 레몬 향이 이러한 이미지를 갖게 된 것은 1949년부터다. 소비재 기업 프록터 앤드 갬블이 미국 주부들을 타깃으로 주방용 액체 세제 '조이Joy'를 런칭한 것이다. 기쁨을 뜻하는 영어 단어 '조이'는 1931년에 출간되어 미국 베스트셀러 요리책이 된 《요리의 기쁨*The Joy of Cooking*》에서 영감을 받은 것이다. 조이는 세제 향으로 레몬 향을 선택했다. 당시 손을 하얗게 관리하기 위해 널리 사용된 것이 레몬이었기 때문이다.

그로부터 20년 후 프랑스에서 세제 '파익 시트롱Paic citron'이 나왔다. 세제에서 항상 사용되던 장미 향 대신 레몬 향이 쓰인 것이다. 섬세함을 자랑하는 장미 향이 실용성을 자랑하는 레몬 향에게 자리를 내준 셈이다. 현재 시중에 나온 주방용 액체 세제 60퍼센트는 레몬 향이 난다. 그러다 보니 사람들은 레몬 향 하면 세제 냄새를 먼저 떠올리곤 한다. 그 결과 레몬 향을 사용하면 세제 냄새와 연관된 기억이 떠오르기 때문에 레몬을 온전히 향수 이미지와 연결시키기 힘들어졌다.

레몬 향을 사용한 향수 제품은 두 가지가 알려져 있다. 하나는 루뱅Lubin에서 출시된 '**진 피즈**Gin fizz, 1955'다. 이 향수는 드라이진과 레몬주스가 들어간 미국의 인기 칵테일에서 영감을 받은 것이다. 또 하나는 비교적 최근에 나온 향수로 에르메스의 '**시트론 느와르**Citron noir, 2018'다. 이 향수는 유행하는 '검은 레몬(말린 라임)'에서 영감을 얻었다.

원래 레몬은 중국 남부와 인도 사이가 원산지다. 레몬이 지중해 연안에 들어온 건 9세기에 아랍군이 침략하면서다. 레몬나무 재배는 이탈리아 남부에서 시작되었는데, 이후 반도 서쪽의 티레니아Tyrrhenian 해안을 따라 이루어지다가 북서쪽 항구 도시 제노바와 프랑스의 망통까지 확대되었다. 프랑스 망통에서는 매년 2월마다 레몬 축제가 열린다.

해안 절벽이 멋지기로 유명한 아말피Amalfi 해안에 머물 때 건물 테라스에서 밖을 내려다보면 레몬나무들이 뽐내는 아름다움을 감상할 수 있었다. 노란색 레몬은 돌담의 빛바랜 푸른색과 잘 어울렸다. 돌담의 푸른빛은 수 세기에 걸쳐 황산구리 처리를 한 페인트칠로 만들어진 것이다. 좁은 골목길을 돌면 지역 원산지 명칭인 AOC 인증을 받은 레몬으로 만든 유일한 리큐어 '리몬첼로Limoncello'를 파는 상인이 한 명 있다.

레몬나무는 지중해의 감귤류 나무에 속한다. 그러나 현재 레몬나무의 3대 생산지는 아르헨티나와 스페인, 미국이다. 아르헨티나에서 생산되는 레몬나무의 양은 스페인과 미국의 생산량보다 압도적으로 많다. 어쨌든 아르헨티나와 스페인, 미국은 전 세계 레몬 농축액 생산의 85퍼센트를 차지한다. 레몬즙으로 만들어진 에센스의 주요 공급지 역시 1위가 아르헨티나이고 그다음이 이탈리아(시칠리아)다. 이탈리아에서 만들어진 레몬즙 에센스는 품질이 뛰어나서 가격이 비싸도 프랑스의 조향사들이 선호한다.

# 스위트오렌지

# Citrus sinensis

“오렌지 좀… 얼른요.”

“여기요… 아가씨들, 먹어봐요.”

“유독 아름다운 오렌지네요!”

“조금씩 아껴서 먹는 오렌지입니다!”

— 조르주 비제Georges Bizet, 〈카르멘〉, 3장 장면 2, 1875

1875년 스페인 세비야의 론다 투우장 아래. 사람들이 투우를 보러 경기장 안으로 우르르 들어간다. 상인들은 경기장을 찾은 사람들에게 오렌지를 팔며 노래를 부른다. 오페라 〈카르멘〉의 한 장면이다.

조르주 비제는 파리 세느강 강변의 부지발Bougival에서 〈카르멘〉을 작곡했다. 그런데 비제는 살면서 실제로 투우를 본 적도, 세비야에 가본 적도 없었다. 훗날 화가 피카소는 다양한 투우 장면을 화폭에 담았는데, 그의 그림에는 비제의 〈카르멘〉처럼 오렌지색과 노란색, 붉은색 그리고 검은색

1708

이 어우러져 있다. 피카소는 실제로 투우를 광적으로 즐겼다고 전해진다. 캔버스에 도드라진 검은색은 황소를 표현하기 위해 사용했다.

〈카르멘〉이 초연되기 70여 년 전인 1801년, 관계가 돈독했던 스페인과 프랑스는 나폴레옹의 지휘 아래 영국에 봉쇄 공격을 가했는데, 당시 영국과 오랜 동맹이었던 포르투갈은 이 공격에 참가하는 것을 거부했다. 그럼에도 스페인군의 장군 마누엘 고도이Manuel Godoy는 전쟁을 일으켜 순식간에 포르투갈 군에게 크나큰 패배를 안겼다. 마누엘 고도이 장군은 승리를 축하하기 위해 엘바스 성채 아래 포르투갈 국경에서 딴 오렌지들을 스페인의 왕비에게 보냈다. 왕비는 마누엘 고도이 장군의 연인이기도 했다. 오렌지를 보낸 에피소드 때문인 걸까? 훗날 이 전쟁은 '오렌지 전쟁'이라고 불리게 됐다. 어쨌든 포르투갈에서 따온 스위트오렌지는 이후 스페인의 과일이 된다.

스위트오렌지나무의 원산지는 중국 남부다. 스위트오렌지는 수 세기 동안 중국 황제들에게 진상품으로 바쳐진 귀한 과일이었다. 여기에 영감을 받아 20세기 초 프랑스에서는 크리스마스트리 아래에서 아이들에게 오렌지를 선물하는 풍습이 있었다. 스페인과 포르투갈이 오래전부터 스위트오렌지를 소비한 것과 달리 프랑스에서는 스위트오렌지가 상대적으로 늦게 들어왔다. 스위트오렌지를 유럽에 들여온 건 바스쿠 다가마였다. 그는 인도 항로를 개척하고 16세기 포르투갈에 돌아오면서 스위트오렌지나무를 가지고 왔다. 스위트오렌지나무는 유럽에 들어오자마자 아주 오래전부터 재배된 비터오렌지나무를 순식간에 밀어냈다.

사실 조향사들도 비터오렌지를 즐겨 사용하지 않는다. 상대적으로 가격 부담이 적은 스위트오렌지 에센스를 더 선호하기 때문이다. 19세기에서 20세기 초 사이에 오드콜로뉴를 만들 때 조향사들은 포르투갈의 에센스를 사용했다. 포르투갈에서 온 스위트오렌지 에센스를 당시에는 '포르투갈의 에센스'라고 불렀다.

현재 스위트오렌지는 전 세계에서 가장 많이 재배되는 감귤류 열매다. 유럽 최대 스위트오렌지 생산지는 여전히 스페인이지만, 세계에서 생산되는 스위트오렌지 즙의 60퍼센트는 브라질이 차지하고 있다. 향수에 사용되는 페라 오렌지 에센스Pera do Rio가 대표적이다. 즙과 에센스는 같은 장비로 만들어진다.

# 수액

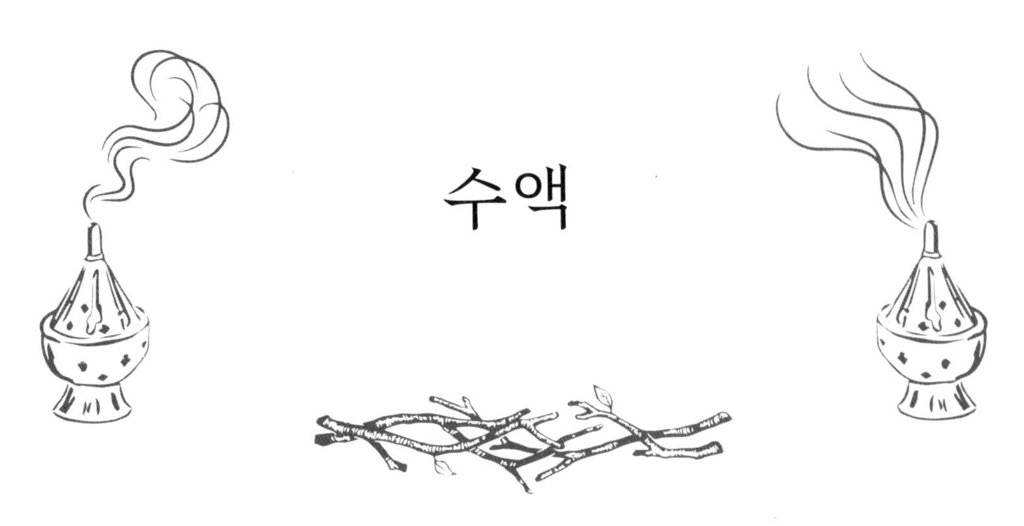

지금으로부터 5,000년 전인 신석기 시대. 프랑스 지역에 살던 신석기인들은 구운 흙으로 만든 토기 안에 나무껍질과 자작나무의 진액을 담고는 불 위에 올려 그 진액을 태웠다. 고인돌이라고 불리는 집단 무덤 안에 놓인 시체들에서 나는 냄새를 없애기 위해서였다.

그런데 프랑스에서 발견되는 고대의 무덤들은 현재 우리가 알고 있는 고인돌의 모습과 많이 다르다. 신석기 시대 무덤은 돌이나 흙으로 덮여 있는데, 간혹 돌과 흙이 떨어져 나가기도 했다. 좁은 통로는 무덤으로 연결되는 유일한 출입구였다. 신석기 시대 사람들이 자작나무를 태우는 것을 '훈증 요법'이라고 하는데, 당시 사람들이 훈증 요법을 한 것은 신들과 만나기 위해서도, 소독을 하기 위해서도 아니었다(소독이라는 개념조차 없던 시대다). 순전히 악취를 누르기 위해서였다.

1,000년 정도가 더 흐르고 나서야 고대 이집트의 사제들이 훈증 요법을 통해 신을 기리는 의식을 하기 시작했다. 고대 이집트는 여러 신을 믿는 다신 사회였는데, 사제들은 훈증 요법으로 신들에게 자비를 베풀어달라고 빌었다. 이를 위해 고대 이집트의 사제들은 향로나 향 케이스를 사용했다. 숯으로 채워진 향로나 향 케이스 위에 향과 수액(몰약이나 랍다넘), 향이 나는 잎사귀와 나뭇조각(도금양, 녹나무)을 넣고 연기를 지피면 향이 퍼져나갔다. 이러한 향 피우기 방식은 오늘날까지 이어져오고 있다.

요즘 사제들도 이 같은 훈증 요법의 향 피우기를 통해 아기가 태어나거나 커플이 결혼하거나 사람이 죽어 장례식을 올릴 때 신을 기린다. 일부 아프리카 국가들은 훈증 요법을 몸에 뿌리는 향수처럼 사용한다. 말리의 우술란wusulan이 대표적이다. 아시아의 훈증 요법 중에는 일본의 향도香道를 꼽을 수 있다. 향도란 향을 피워 그 향기를 즐기는 작은 의식을 말하는데, 향도에 참가하는 사람들은 향을 코로 맡을 뿐 아니라 귀로도 듣는다. 향도를 할 때는 향이 나는 나뭇조각과 나무 진액을 엄격한 규칙에 따라 잘 섞어야 한다. 향도는 일본에서 다도茶道, 이케바나生花, 전통 꽃꽂이와 함께 3대 전통 예술 중 하나다.

잘 알려진 사실이지만 인도는 인센스 스틱(막대기형 향)의 최대 생산지다. 인센스 스틱은 몰약과 벤조인, 그리고 톱밥(백단향나무, 서양삼나무)으로 되어 있고, 신과 조상들을 기릴 때 사용된다. 수액은 향신료와 마찬가지로 1년 내내 증류와 추출이 가능하다. 따라서 향수용 원료 제조업자들에게 수액은 꾸준한 수익을 안겨주고 있다.

"수액은 자연 삼출로 만들어지거나
산형화 혹은 기름나물 같은
온화한 지방의 풀이
만들어내는 천연 혼합물이다."

—《라루스 백과사전》

# 벤조인

# Styrax tonkinensis

"벤조인, 어린아이의 살결처럼 신선한 향, 오보에 소리처럼 부드럽고 초원처럼 푸르른 향—풍부하고 두드러지지만 순수함이 없는 다른 향들과 달리 용연향과 사향, 벤조인 향은 정신과 감각을 즐겁게 흔드는 무한한 향."

— 샤를 피에르 보들레르, 《악의 꽃》 중 '상응 서신Correspondances'

나는 향수의 세계와 생각을 나누고 교류할 때는 지나치다 싶을 정도로 보들레르의 감성이 된다. 결국 벤조인을 묘사한 보들레르의 시 한 구절을 인용하고 말았다.

향수를 만들다 보면 향에는 크게 두 가지 종류가 있다는 것을 알게 된다. 내향적인 향과 외향적인 향이다. 아이리시 커피 속에 들어 있는 크림이나 위스키, 혹은 모히토 안에 든 민트와 레몬을 생각하면 된다. 크림은 커피와 위스키를 연결해주는 역할을 하고, 민트는 레몬과 소통한다. 벤조인은 바로 그 크림과 같다. 연결고리 역할을 하는 데다 심장과 코를 자극하는 부드러움을 지니고 있기 때문이다.

아시아가 원산지인 벤조인은 위로 자라는 커다란 나무다. 주로 라오스의 산속에서 자라는데, 북부 지방인 후아판Houaphan과 퐁살리Phongsaly에서 재배된다. 7월에서 10월까지 벤조인에 칼로 상처를 내면 겨울에 수액을 얻을 수 있다. 이렇게 얻은 수액은 크기와 색깔에 따라 A와 B, C, 그리고 일반 등급으로 분류된다. 등급은 향의 품질을 나타낸다. A등급의 벤조인은 평평한 조약돌 정도의 크기로 오렌지 빛을 띠는 크림색에 바닐라 향이 난다. 일반 등급의 벤조인은 굵은 소금 정도의 크기로 갈색을 띠고 방향성 식물과 같은 향이 난다. A등급의 벤조인은 연노란색의 레지노이드가 나오고, 일반 등급의 벤조인은 적갈색 레지노이드가 나온다. 따라서 벤조인은 향과 가격에 따라 원하는 등급을 선택하면 된다.

벤조인은 바닐라 맛 디저트 같은 향이 난다. 그 특유의 달콤한 내음 때문에 향수의 재료가 되는 앰버를 만드는 데 안성맞춤이다. 벤조인의 향은 담배에 사용되기도 하고 구강 청결제나 립밤 같은 약품에 쓰이기도 한다. 특히 벤조인은 아르메니아에서 종이를 만들 때 꼭 필요한 재료다.

프랑스의 화학자 오귀스트 퐁소Auguste Ponsot는 19세기에 아르메니아를 여행하던 중 벤조인을 발견했다. 아르메니아 사람들이 집 안 소독용으로 쓰기 위해 벤조인을 태우는 장면을 본 것이다. 이 모습을 본 퐁조는 새로운 아이디어가 떠올라 화학 실험을 한다. 벤조인 향이 나는 알코올 안에 압지*를 담근 후 건조실에서 말려 알코올 성분을 없앤 것이다. 이렇게 벤조인 향이 나는 압지는 연기가 나지 않는 담배처럼 사용하거나 집 안의 방

* 잉크나 먹물 따위로 쓴 것이 번지거나 묻어나지 아니하도록 위에서 눌러 물기를 빨아들이는 종이. —옮긴이

향제로 사용할 수 있다. 1885년 이후로 아르메니아의 종이는 그 모습 그대로 프랑스 중북부에 위치한 오드센Haut-de-Seine의 도시 몽루주Montrouge에서 생산된다.

벤조인의 종류는 크게 두 가지다. 하나는 라오스의 벤조인으로 '시암(타이 왕국의 옛 이름)의 벤조인'이라는 이름으로도 불린다. 라오스의 벤조인에는 바닐린이 함유되어 있고 시나몬 불순물은 들어 있지 않다. 또 하나는 수마트라의 벤조인으로 벤조산과 시나몬 불순물이 있다. 시나몬 불순물 때문에 묘한 향이 나는 것이 특징이다. 이 때문에 수마트라의 벤조인은 아무리 가격이 저렴해도 조향사들이 선호하지 않는다. 라오스의 벤조인은 매년 60톤에서 70톤 정도 생산된다.

# 갈바넘

# Ferula gummosa

"겁내지 말고 과감해지세요!"

조향사들이 수습생들에게 하나같이 하는 조언이 있다면 바로 이 말일 것이다. 2차 세계대전 이후 향수계의 대모로 통하던 제르멘 셀리에는 피에르 발망Pierre Balmain의 의뢰로 '**방 베르**Vent vert, 녹색 바람' 향수를 만들 때 갈바넘 에센스 10퍼센트를 넣는 과감한 시도를 했다.

전쟁으로 수년간 많은 것을 잃은 프랑스는 전쟁이 남긴 피폐함으로부터 벗어나 행복의 향기를 되찾고 싶어 했다. 피에르 발망은 1947년 칸영화제에서 녹색 은방울꽃 모양의 병에 담긴 향수를 출시했다. 그리고 파리에서는 카롱Caron의 '**뮤게 뒤 보뇌르**Muguet du bonheur, 행복의 은방울꽃, 1952', 부르주아Bourjois의 '**프르미에 뮤게**Premier muguet, 첫 번째 은방울꽃, 1955', 크리스찬 디올의 '**디오리시모**Diorissimo, 1956'가 차례로 출시되었다. 그러나 역시 가장 과감한 시도를 보여준 것은 처음 나온 피에르 발망의 향수였다.

1950년대에는 향수 출시가 뜸했다. 향수는 기껏해야 매년 3종 혹은 5종만 출시되었다. 매년 300종의 향수가 출시되는 요즘과는 분위기가 완전히 달랐다. 1930년대 말, 프랑스 시인 폴 발레리는 정신없이 일어나는 변화를 걱정하며 이런 글을 썼다. "사람들은 더 이상 지루한 것을 견디지 못한다." 폴 발레리의 말은 시대를 앞서간 적확한 말이었다.

갈바넘galbanum은 철자만 보면 '랍다넘labdanum'과 헷갈릴 정도로 비슷하지만 향은 완전히 다르다. 설익고 투박한 향이 나는 갈바넘은 묶음으로 파는 토마토 줄기에서 나는 향과 비슷하고(토마토는 줄기에서 향이 난다) 잎사귀들이 풍기는 향하고도 비슷하다. 토마토를 재배하며 행복해하는 사람들에게는 익숙한 향이다. 그러나 현재 조향사 중에는 갈바넘을 향수의 재료로 사용하려는 사람이 거의 없다. 갈바넘의 향이 그리 좋지는 않아 고객을 잃거나 고객에게 당혹감을 안겨줄까 봐 불안해서다. 참고로 1950년대까지만 해도 향수에 재료가 많이 들어가지 않았다. 이후 향수에 함유되는 재료는 양이 다섯 배로 늘어나 향이 더 강해졌다. 향수는 향이 튀어야 팔리는 법이니까.

1970년대에 시슬리의 향수 '**오 드 깡빠뉴**'를 만들 때 갈바넘 에센셜 오일을 아주 적게 사용했다. 당시 시슬리는 토마토 잎에서 나는 향을 향수로 만드는 매우 혁신적인 기획을 했다. 시슬리가 원하는 향을 만들려면 두 가지 재료가 필요했다. 밀감과 갈바넘이다. 이 두 재료를 잘 섞으면 토마토 잎사귀의 향을 충분히 재현할 수 있다.

시슬리 브랜드를 소유한 오르나노Ornano 백작은 시슬리 이름을 등록할 당시에 내게 여러 가지 설명을 해주었다. 가문이 소유한 멋진 저택이 노르망디에 있으며 자신은 상추와 사과의 향을 꼭 만들고 싶노라고 말이다. "두고 보세요." 백작이 자신 있게 말했다. 지중해 출신인 나는 요청받은 재료와 또 다른 두 재료를 향수 만드는 데 사용하기로 했다. 백작의 비서들은 향수 재료를 얻기 위해 향이 진동하는 프로방스의 시장을 누볐다.

같은 식물이라도 조향사들이 '갈바넘'이라 부르는 것은 식물학자들에게는 학명 'Ferula gummosa'로 통한다. 갈바넘은 이란의 사막 지역에 있는 고원에서 자라는 다년생 풀이다. 이란은 갈바넘의 유일한 서식지여서 갈바넘 수확의 전 과정이 세심하게 관리된다. 갈바넘의 목 부분에 상처를 내면 줄기를 타고 수액이 내려오는데 이때 그 수액을 받아 채취한다. 우윳빛의 수액은 공기와 만나면 며칠 후 굳는다. 땅에 떨어진 수액은 흙이나 흙 속 돌에서 굳어진 형태로 쉽게 발견되곤 한다. 갈바넘의 목 부분을 다시 두세 번 그으면 또 한 번 수액이 나오는데, 갈바넘 자체에서 나오는 수액의 양이 적기 때문에 그 양 또한 적다.

언젠가 갈바넘 제조 공장에서 봤던 장면이 떠오른다. 갈바넘이 든 20킬로그램들이 양철통을 받아 관찰한 적이 있는데, 갈바넘 수액에 회색빛이 도는 녹색과 가느다란 갈색 줄이 보였다. 그 줄은 머리카락처럼 가늘었는데 흙이 섞여서 나온 형태 같았다. 갈바넘의 수액은 오일처럼 반짝였고, 지푸라기와 섞인 듯 가느다란 줄무늬가 종종 보였다.

특히 인상적이었던 것은 수액의 모양보다는 남다른 향이었다. 갈바넘의 향이 어찌나 양파 냄새와 비슷한지 인공적이라고 느껴질 정도였다. 마치 인도 요리에 사용하는 식용 수액 '감도'가 섞인 듯한 냄새였다(참고로 감도는 음식의 향을 높여주는 역할을 한다). 그래서 갈바넘이 든 양철통들은 구석으로 치워졌다. 엄선된 수액은 가열된 후 촘촘한 철망에서 여과되어 불순물을 제거하는 과정을 거친다. 이러한 과정을 거쳐 나오는 것이 레지노이드와 앱솔루트 그리고 에센셜 오일이다. 이 중 가장 비싼 것이 에센셜 오일이다.

# 몰약과 유향

# Commiphora myrrha
# Boswellia carterii

기독교 역사에 따르면 하느님의 아들인 아기 예수가 탄생했다는 소식을 들은 동방박사들은 밤하늘을 밝게 비추는 별을 나침반 삼아 베들레헴으로 이동했다.

아기 예수가 태어난 마굿간에 도착한 동방박사들은
예수의 탄생을 축하하며 세 가지 선물을 바쳤는데,
바로 황금과 유향 그리고 몰약이다.
이 신성한 세 가지 선물에는 상징이 깃들어 있다.
황금은 힘을,
유향은 하늘과의 관계를,
몰약은 치유력을 상징한다.

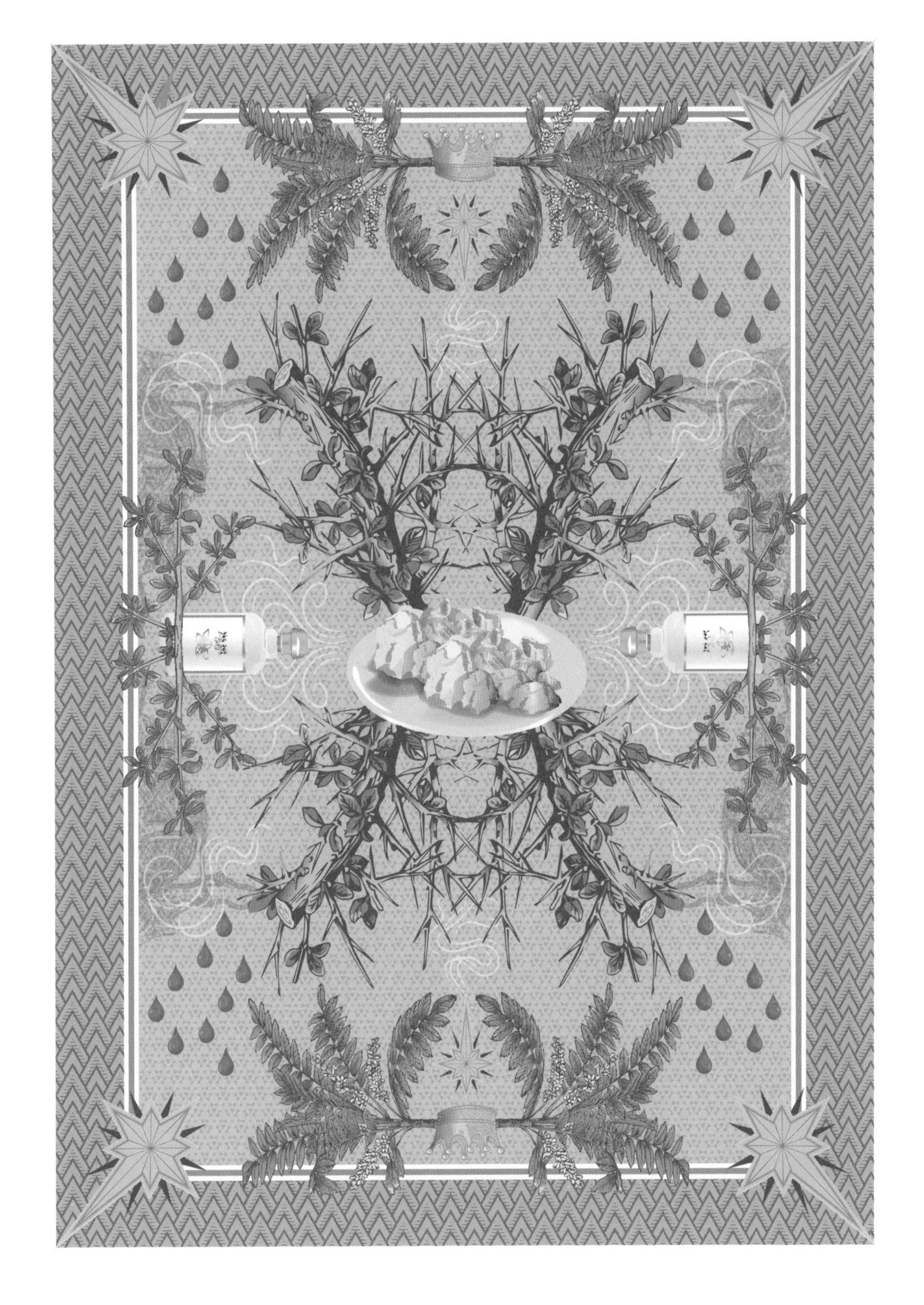

**몰약** Commiphora myrrha

몰약은 군집을 이루지 않고 홀로 서서 자라는 나무다. 몸통은 굵지만 가지는 가늘고 그 가지엔 독침처럼 생긴 가시들이 덮여 있다. 몰약은 비가 오는 우기 동안에만 잎이 무성해지는데, 이는 서식지의 환경에 나무 스스로 적응한 결과다. 몰약은 아프리카 동북부, 특히 소말리아의 사막 지대에서만 자라기 때문에 수액이 귀하다. 몰약의 수액은 나무 몸통에 상처를 내서 얻는데, 건조한 불모지에서 살아가는 유목민들에게 몰약의 수액은 주요한 수입원이다.

그리스 신화에는 이 몰약나무에 얽힌 전설이 하나 내려온다. 이 전설은 고대 로마 시인 오비디우스의 《변신 이야기》에도 소개되었다. 몰약의 수액 이름이 시프레 국왕의 딸 '뮈라Myra'의 이름에서 유래됐다는 것이다. 시프레의 국왕은 딸의 혼인을 위해 신랑감을 물색했는데, 정작 공주가 사랑한 것은 자신의 아버지인 국왕이었다. 유모의 도움을 받아 뮈라는 마침내 아버지의 침실로 들어가 후궁인 것처럼 연기를 하며 잠자리를 갖는다. 아침이 밝자 국왕은 옆에 누워 있는 딸을 보고 경악한다. 자신이 근친상간을 했음을 받아들일 수 없었던 국왕은 딸을 죽이려 하고, 뮈라는 간신히 몸을 피해 도망치고 만다.

아버지의 아이를 임신한 뮈라는 숲속에 홀로 남겨진 채 절망에 빠지고, 신들에게 살아 있는 사람들의 세상에서 벗어나 죽은 이들의 세상 속으로 가게 해달라고 간청한다. 이 소원을 들은 신들은 뮈라를 나무로 변하게 만들었다. 이 나무가 훗날 '몰약나무'로 불리게 된 것이다.

몰약나무는 붉은색의
눈물 방울을 연상시키는 모양을 하고 있다.
이 나무를 보고 있으면

스스로의 운명을 비관하며
뮈라가 흘린 눈물이 떠오른다.

몰약의 수액은 건조시키면 오렌지빛이 도는 붉은색의 작은 돌멩이 모양이 된다. 이 수액은 약을 만드는 데 사용되기도 하고, 아로마 테라피나 힌두교식 대체치료법인 아유르베다Ayurveda 의학에 사용되기도 한다. 이질이 흔한 인도에서는 몰약 한 조각을 입에 넣고 빨면 이질이 멎는다는 민간의학이 전해지기도 한다.

신비한 재료라는 이미지가 있는 몰약은 오랫동안 향수 업계에서 고대 요법을 재현하기 위해 사용되었다. 특히 용연향과 백지향인 오포파낙스opopanax를 만들 때 사용되었다. 몰약을 아니스, 민트와 섞어 만든 사탕 잰Zan은 감초 추출물이 첨가된 디저트로 할머니가 자주 주던 것이었다. 당시에는 그 특유의 씁쓰레한 맛을 싫어했다. 지금은 씁쓰레한 향을 내기 위해 몰약을 사용한다. 이제는 합성 향이나 사향의 향과 달콤한 맛보다는 쌉싸름한 향과 맛을 더 좋아한다.

**유향** Boswellia carterii

구약성서에는 유향에 관한 이야기가 나온다.
"네가 만드는 향은
너 자신을 위한 것이어서는 안 된다.
향은 성스러운 것이라
피조물에게는 맞지 않고 오직 야훼에게 맞는다.
누구든 그 향을 맡을 수는 있다.
그러나 그 향을 맡은 사람은
민족에게 외면을 당할 것이다."

'유향'이라고도 불리는 향나무는 종류가 여러 가지다. 하지만 향나무들은 대체로 향이 너무 강해서 향수 재료로 쓰이는 나무는 유향나무 하나뿐이다. 이 향나무는 '아프리카의 뿔'로 불리는 소말리아 반도의 북쪽, 평균 고도 1,000미터인 곳에서 자란다.

향나무의 수액을 채취해 모으는 것은 부족이나 가족 단위로 이루어진다. 주로 건기에 나무의 몸통과 가지에 상처를 내어 수액을 모으는데, 며칠이 지나면 수액이 공기와 만나 딱딱하게 굳는다. 고체 수액은 잎사귀나 껍질, 곤충 같은 불순물을 거르는 처리 과정을 거친 뒤 크기와 색에 따라 분류된다. 작고 반투명의 연노란색 수액에서 최고 품질의 향이 나온다.

향을 피우는 목적으로 사용하는 향은 매년 3,000톤이 생산되고, 향수에 사용되는 향은 매년 500톤이 생산된다. 이집트에서는 의식용 향 '카피 Kyphi'가 만들어졌는데, 카피를 만드는 법은 사제마다 달랐다(먼 옛날에 조향사들은 성직자와 같은 존재였다). 오비디우스의 《변신 이야기》에도 향이 오래전부터 사용되었다고 나온다.

구약성서에서는 향이 신을 위한 것이라고 말한다.
향을 피울 때 공중으로 올라가는 연기는
하늘로 향하는 기도를 상징한다.
그래서 성당에서는 종교의식을 할 때
여전히 향을 피운다.

수 세기 동안 성당에서 나던 유향 냄새가 우리의 상상력 속에 각인되어서일까? 유향 냄새는 마치 광물처럼 조금은 차갑고 엄격하게 느껴진다. 조향사 세르주 루텐은 향나무에서 영감을 얻어 '**엉성 에 라방드** Encens et Lavande, 유향과 라벤더, 1996년'를 출시했다. 이 향수는 싱그러운 향이 특징인데,

향을 맡는 순간 프로방스의 라벤더 밭 위의 푸른 하늘이 저절로 떠오른다.

현재 향나무는 관리 부실로 안타깝게도 멸종 위기에 처해 있다. 곤충들과 초식동물의 먹이가 되어 개체수가 급감하고 있는데, 향나무뿐 아니라 몰약나무 역시 사정은 별반 다르지 않다. 특히 초식동물은 몰약의 잎사귀를 즐겨 먹는다.

"씨앗은 꽃식물의 배젖에서
수분과 성장이 이루어지면서 만들어진
숨겨진 기관으로
발아 이후에는 새로운 개체를 만드는
역할을 한다."

—《라루스 백과사전》

# 씨앗

후추는 후추나무의 열매인 동시에 새로운 후추나무를 땅에서 자라게 만들 수 있는 씨앗이기도 하다. 그런데 새로운 후추나무가 번식해 자라는 일은 꽤 어렵다. 따라서 바닐라나 기타 씨앗 및 열매들과 마찬가지로 후추나무도 꺾꽂이를 사용해 개체 수를 늘린다. 씨앗은 식물학자들 사이에서는 '꼬투리'라고 불린다. 육두구는 후추와 같이 열매인 동시에 씨앗이다. 반면 당근의 씨앗은 아욱과 식물인 암브레트 시드Ambrette Seed와 마찬가지로 오직 씨앗이다. 사전에서는 씨앗을 종자 또는 열매로 정의하는데, 어떻게 정의하든 평소에는 잠들어 있다가 싹이 피면 새로운 개체를 만들 수 있다.

# 암브레트 시드

# Hibiscus abelmoschus

레미는 아내와 함께 향수 및 향료용 재료를 생산하는 회사를 운영한다. 두 사람은 향기 나는 재료에 대한 남다른 애정을 갖고 있다. 그래서 부부는 여러 가지 식물들의 생산지를 둘러보기 위해 간혹 먼 지역까지 여행을 떠난다. 특히 레미는 에콰도르 여행에 열광적이어서 오래전부터 계획을 세우고 떠날 채비를 했다.

마침내 여행이 시작되었다. 자유여행은 아니고 패키지 형태의 여행이었다. 파리에서 에콰도르의 수도 키토Quito까지는 항공편이 취항했고, 에콰도르는 프랑스인들에게 비자를 열어주었다. 그런데 비행기가 키토에 도착하자 유일한 프랑스인이었던 레미는 국경을 지키는 경찰에게 인계됐다. 입국을 할 수 없었던 것이다. 우여곡절 끝에 에콰도르가 프랑스인 입국 비자를 열어주었지만, 프랑스인이 에콰도르에 입국할 수 있는 비자는 프랑스 외교부와 해외 영사관에서만 발급받을 수 있었다. 레미는 비자 발급을 위해 다시 비행기에 탑승해야 했다.

그로부터 6시간 후, 레미가 탄 비행기는 마드리드로 향했다. 유일한 탑승객이던 레미가 파일럿 수업을 들은 적이 있다는 것을 알게 된 기장이 레미를 조종실로 초대해 두 사람이 함께 마드리드까지 비행한 것이다. 레미는 그때의 여행이 지금까지 살면서 가장 아름다운 기억 중 하나였노라고 회고했다. 사실 이런 에피소드는 향수용 재료를 생산하는 일을 하는 사람이라면 심심치 않게 겪는 흔한 일이다.

레미가 이런 복잡한 절차를 거쳐 에콰도르에 가려고 한 건 순전히 암브레트 시드 때문이었다. 그는 수입 업체를 통해 암브레트 시드를 공급받고 있었지만 불안정한 상태라고 생각했다. 이 분야에는 중개 업체가 많았다. 레미는 원산지와 직접 접촉해 거래하는 것이 더 안정적으로 암브레트 시드를 공급받을 수 있는 방법이라고 여겼다. 최근에 암브레트 시드가 부족해져서(실제로 부족한 것인지, 부족하다는 핑계를 대는 것인지 모르겠으나) 가격이 천정부지로 올랐다는 점도 새 거래처를 물색하게 된 중요한 배경이었다. 암브레트 시드 에센스에서는 샴페인 향이 나는데, 향수를 만들 때 섬세한 향을 내기 위해서는 암브레트 시드를 꼭 첨가해야 한다. 단가가 하늘 높은 줄 모르고 치솟는다면 향수 생산에도 큰 차질이 생길 수 있는 것이다.

레미는 체념하지 않았다. 비자를 가지고 다시 키토로 향했고, 암브레트 시드 밭이 가까이에 있는 커다란 항구 도시 과야킬Guayaquil에 도착했다. 키토와 과야킬을 연결하는 도로는 비포장도로라 상태가 좋지 않았고, 그 탓에 오래 걸렸다. 과야킬에 도착한 레미는 현지 상공회의소에 연락했고, 암브레트 시드가 존재하는지도 몰랐던 직원을 통해 겨우겨우 생산자들의 최근 주소를 받아냈다. 레미는 프랑스에서 가져온 오랜 리스트를 다시 읽어본 후 협동조합으로 운영되는 농장들을 찾아갔다.

처음 찾은 암브레트 시드 밭은 가족이 꾸려가는 작은 농장이었다. 가장 큰 농장도 크기가 5헥타르를 넘지 않았다. 레미는 이곳에서 암브레트 시드가 매년 심어진다는 사실을 알았다. 암브레트 시드는 매년 12월 우기 전에 심어진다. 열대 기후에서 암브레트 시드를 심고 재배하려면 상당한 관리가 필요하다. 덥고 비가 오면 원치 않는 불청객인 잡초가 무성해지므로 암브레트 시드가 질식하지 않도록 잡초를 계속 뽑아주어야 한다. 5월은 꽃들이 한창 피고 열매가 열릴 때다. 살구가 짙은 주황색으로 익어가는 시기이기도 하다. 암브레트 시드도 이때 열매를 따서 자르고 씨를 빼낸 후 말린다.

암브레트 시드는 차로 마시는 히비스커스 과에 속한다. 암브레트 시드의 재배 과정에 장애물이 있다면 바로 앵무새다. 암브레트 시드를 좋아하는 수많은 앵무새가 화려한 색깔의 깃과 시끄러운 지저귐으로 무장한 채 단 일주일 만에 밭을 초토화시키기 때문이다. 앵무새들을 쫓아내기 위해 남자들은 새벽에 총을 들고 앵무새들을 사냥하거나 수확 기간 동안 보초를 선다.

암브레트 시드는 5월 말에서 8월 말, 간혹 9월 중반에 수확한다. 암브레트 시드의 재배를 방해하는 또 다른 적은 기생충이다. 면화를 공격하는 기생충과 마찬가지로 암브레트 시드의 기생충도 저장된 암브레트 시드에서 씨를 빼먹는다. 그래서 생산자들은 암브레트 시드를 수확하자마자 저장 단지를 재빨리 키토로 옮긴다. 키토는 고도 2,800미터에 있는 도시라 기생충의 해로부터 안전하다. 기생충은 산꼭대기의 선선한 날씨를 좋아하지 않기 때문이다. 키토로 운반된 암브레트 시드가 수출업자들을 통해 프랑스로 보내지면, 프랑스는 암브레트 시드를 곧바로 증류시킨다. 열대지방에서 온 암브레트 시드는 습도가 달라지면 금방 곰팡이가 핀다.

나는 여러 식물의 씨앗을 봐왔지만 암브레트 시드만큼 예쁜 씨앗을 본 적이 없다. 씨앗은 마치 작은 달팽이처럼 생겼는데 렌즈콩(렌틸콩)만큼 통통하다. 암브레트 시드를 집어 코끝에 가져가면 아무 향도 나지 않는다.

하지만 암브레트 시드를 쪼개거나 가루로 빻으면 신기하게도 사향과 배, 아이리스가 섞인 향이 난다. 암브레트 시드의 향은 그 유명한 윌리엄스 배Williams Pear의 향과 비슷하기 때문에 아로마 치료사들에게 각광받고 있다.

증류수 생산도 예술이다. 매년 세계에서 수확되는 암브레트 시드의 양은 60~70톤이다. 숫자만 보면 많아 보이지만 매년 600만 톤이 생산되는 렌즈콩에 비하면 아무것도 아니다. 암브레트 시드는 귀한 몸인 만큼 생산의 전 과정에서 조심스럽게 다루어야 한다. 암브레트 시드에서 추출한 에센셜 오일은 1리터당 가격이 약 9,000유로로 상당히 고가다. 암브레트 시드가 사용된 향수로는 샤넬의 '**에고이스트**Égoïste, 1990', 에르메스의 '**보야지**Voyage, 여행, 2010'가 있다.

# 카다멈

## Elettaria cardamomum

2008년, 나는 프랑스 브르타뉴의 몽생미셸만에 위치한 캉칼Cancale로 올리비에 롤링거Olivier Roellinger를 만나러 갔다. 올리비에 롤링거는 미슐랭 가이드에서 세 번이나 스타를 획득한 유명 셰프다. 이번 만남의 목적은 '미각'을 대표하는 인물과 '후각'을 대표하는 인물 사이에 이루어지는 교차 인터뷰 때문이었다. 나와 올리비에 롤링거가 공통적으로 아는 친구가 담당하는 요리 잡지에서 기획한 인터뷰다. 올리비에의 초대를 받아 찾아간 곳은 한때는 레스토랑이었으나 향신료 개발 아틀리에로 개조된 공간이었다. 그와 나는 이야기를 나누면서 마음이 잘 통했다.

첫 만남 이후 가을에 다시 올리비에를 만나러 캉칼에 갔다. 캉칼에서 올리비에가 후추 컬렉션을 보여주었다. 후추 열매를 손수 개발한 맷돌로 갈아 분말 형태로 만든 것이었다. 이렇게 분말을 내면 향을 더 섬세하게 느낄 수 있는데, 마치 긴 후추, 큐베브 후추, 자메이카 후추, 쓰촨 후추(일본에서는 '산초'라 부른다), 카다멈 씨앗 같은 향이 난다.

카다멈(소두구)은 종류에 따라 닭장 냄새가 나는 것도 있고 감귤류 향이

나 유향 냄새가 나는 것도 있다. 심지어 수컷 향유고래의 배설물로 만들어진 용연향 냄새가 나는 것도 있다. 올리비에는 마다가스카르와 콩고, 인도네시아, 인도, 중국 이야기, 그리고 카다멈을 재배해 가공하는 사람들의 이야기를 들려주었다. 탐험의 도시로 알려진 브르타뉴의 생말로Saint Malo는 캐나다를 발견한 탐험가가 태어나 항해를 시작한 곳이었고, 인도 사람들과의 교역으로 막대한 부를 쌓아 올린 항구 도시였다. 생말로 근처인 캉칼에서 나고 자란 올리비에의 현재 모습과 특징도 이 도시를 닮은 것 같았다. 카다멈 또한 생말로 특유의 자유롭고 호기로운 기운을 풍긴다.

올리비에의 창의력과 열정에 깊은 인상을 받은 나는 향신료를 테마로 한 에르메상스 컬렉션을 위해 향수 하나를 구상해달라고 제안했다. 기존의 향신료 테마에 브르타뉴 해변의 향을 어우러지게 할 생각이었다. 올리비에는 나의 아이디어가 마음에 들었는지 미소를 지어 보였다. 브르타뉴에서 돌아와 향수를 만들어 '바다의 향신료'라는 뜻으로 '에피스 오세안Épices océanes'이란 이름을 임시로 붙였는데, 이 향수가 2013년에 출시된 '**에피스 마린**Épice marine'이다.

나는 향수를 만들 때 임시로 이름부터 붙이는 버릇이 있다. 이름을 먼저 지어놓으면 향수의 방향이 대략 잡히기 때문이다. 물론 지름길을 따라가면서 이름이 바뀔 때도 있다. 예를 들어 계피, 카다멈, 커민에 베르가못, 해조류 냄새가 나는 합성 화학물질을 많이 섞어 만든 향수는 그에 맞는 이름을 붙인다. 해조류 냄새가 나는 합성 화학물질도 그에 걸맞게 '알제논algenone'이라는 이름이 있다. 화학자들이 지은 이름을 보고 있자면 때때로 그들이 시인같이 느껴질 때가 있다.

향수를 만들어본 후 샘플 하나를 올리비에에게 보냈다. 그러자 올리비에는 바다 안개를 연상시키는 향이 조금 부족한 것 같다고 피드백을 해주었다. 바닷사람이 아니었던 나는 올리비에에게 전화를 걸어 그가 생각하는 바다 안개의 향은 어떤 것인지 알려달라고 부탁했다. 내 기억으로는 그 때 올리비에의 말은 어느 틈엔가 향기로 바뀌었다. 나는 올리비에에게 샘플을 다시 만들어 보내겠다고 했다. 다음 샘플에 만족한 올리비에는 나보고 마법사 같다고 했다.

만들어둔 샘플을 참고로 향수를 만들 차례였다. 향신료, 바다 안개 향을 떠올리게 만드는 합성 화합물도 준비되었다. 그러나 여전히 부족한 것이 있었다. 광활한 수평선에서 불어오는 해풍, 그리고 브르타뉴 선원들을 스치는 차가운 바람을 연상시키는 바다 내음이었다.

나는 카다멈을 좋아한다. 카다멈 에센셜 오일의 향을 처음 맡아보면 깜짝 놀랄지도 모른다. 유칼리나무에서 풍기는 향과 비슷해서다. 막힌 코를 뚫어주는 데 쓰이는 식물을 좋아하는 조향사가 신기해 보일지도 모른다. 이래서 겉만 보고 판단해서는 안 된다. 향수를 만들 때 카다멈을 사용하면 재료에 숨결을 불어넣게 된다. 카다멈은 돛을 부풀리는 바람처럼 작용한다. 넓고 차가운 바다 향을 만들어주는 것이 이 카다멈이다.

갑자기 작업에 진전이 생겼다. 카다멈은 향수 '**자르뎅 아프레 라 무쏭** Jardin après la mousson, 열대 계절풍이 지나간 정원, 2008'에서처럼 이번에도 제대로 활약해주었다. 대신 카다멈은 인간적인 향이 부족했다. 왜 그런지 그 답을 나중에서야 찾았다. 작가 버지니아 울프Virginia Woolf는 라디오와의 인터뷰에서 이런 말을 한 적이 있다. "단어는 문장이 되어야 의미가 있습니다." 단순하고 정확한 버지니아 울프의 말은 내게 큰 울림을 주었다. 나는 버지니아 울프의 말을 메모해 소중히 간직했다. 향수도 마찬가지다. 내게 하나하나의 향은 단어와 같다. 따라서 향은 향수가 되어야 비로소 의미가 있다고 생각한다.

인도가 원산지인 카다멈은 말라바Malabar 해변을 따라 나 있는 축축한 숲 속의 고도 600미터 위에서 자생한다. 카다멈이라는 이름이 생긴 것도 카르다몸Cardamome산에서 유래한 것이다. 카르다몸산은 인도 남부의 도시 코친과 코모린곶Cap Comorin 사이에 수백 킬로미터로 뻗어 있다.

카다멈은 뿌리에서부터 잔가지가 뻗쳐 있으며 나무의 높이는 대략 2~3미터다. 길고 커다란 잎사귀는 창처럼 뾰족한 모양이다. 잘 익은 작은 열매는 달걀 모양에 껍질은 노란빛을 띤 녹색이고, 검은색 씨앗이 많이 들어 있다. 향이 강한 검은색 씨앗은 인도에서 혼합 향신료(마살라)와 구취제로 많이 사용된다. 인도인들은 카다멈을 빨거나 천천히 씹어 입 냄새를 없앤다. 그래서 인도에서는 식사 후에 카다멈 씨앗을 줄 때가 많다. 특히 은으로 코팅된 카다멈은 귀한 선물 중 하나다. 카다멈의 또 다른 생산지는 과테말라다.

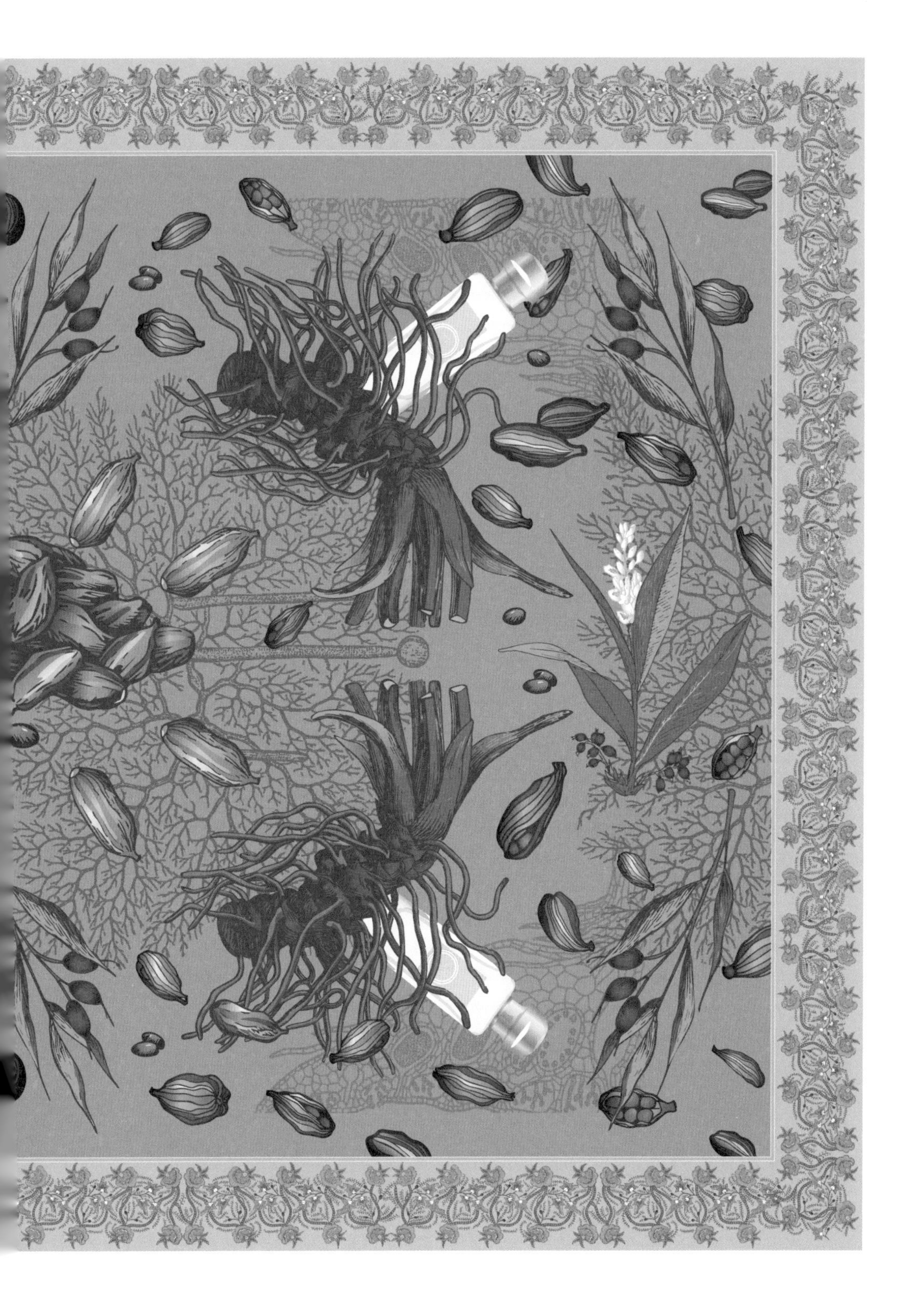

# 당근

# Daucus carota subsp. sativus

"진심으로 현재, 별들이 모두 당근 꽃처럼 보였다."

— 장 지오노, 《세상의 노래*Le Chant du Monde*》, 1934

향기에 대한 나의 기억은 별이 빛나는 하늘과 비슷하다. 향기 하나하나가 빛나는 별 하나하나와 같다. 내가 기억하는 향기 몇 가지를 연결하면 향기 나는 별자리가 그려져 향수를 만들어낸다. 씨앗을 품은 당근의 꽃은 성숙한 때에만 볼 수 있다. 프랑스에서 매년 생산되는 당근은 1,000톤이다. 당근 꽃 1그램에 들어 있는 씨앗을 재미 삼아 세어보았다. 무려 600개였다. 그렇다면 수확된 당근 전체에 있는 씨앗은 약 6,000억 개다. 우주에 떠 있는 별이 약 4,000억 개라고 하는데 당근 씨앗이 우주에 뜬 별보다 많은 셈이다. 지오노의 말이 맞았다.

엄격한 심사를 거친 끝에 선택된 당근 씨앗들은 당근 에센셜 오일을 만드는 데 사용된다. 당근의 뿌리에서는 그 어떤 추출물도 나오지 않는다.

천연 에센셜 오일과 앱솔루트는 말이 많다. 그 이유는 까다롭고(우리 딸이 쓰는 표현) 자기중심적이기 때문이다. 실제로 천연 에센셜 오일과 앱솔루트는 자기 이야기만 한다. 재스민은 재스민 이야기만, 장미는 장미 이야기만, 라벤더는 라벤더 이야기만 한다. 이들은 합성 화학물과 섞여야지만 새로운 이야기를 들려준다. 합성 화학물의 향은 너무나 추상적이라 그만큼 가능성도 무한하다. 오히려 잘 알려져 있지 않아서 더욱 흥미로운 천연 향도 있다. 이들 천연 향이 들려주는 이야기는 그야말로 새롭다. 당근 에센셜 오일이 바로 여기에 속한다.

당근 에센셜 오일은 처음 향을 맞으면 혼란스럽다. 뿌리채소인 당근에서 상상할 수 있는 향이 아니기 때문이다. 아이리스의 뿌리에서 나는 향과 비슷하다는 점 때문에 그나마 당근이 뿌리채소라는 것을 떠올릴 수 있다. 당근의 향이 아이리스 뿌리에서 나는 향과 비슷한 점은 여전히 흥미롭다. 아이리스 추출물은 당근 추출물보다 50배나 비싸기 때문이다. 조향사의 마음은 가끔 비용 부담이 적은 쪽으로 기울기도 한다.

향수 시향지에 몇 분간 묻혀둔 당근 추출물 향을 맡아보면 우선 부드럽다. 그리고 프로방스 오렌지과에 속하는 건살구의 향과 비슷하게 강하다. 향수 시향지는 향수 업계에서는 꼭 필요한 도구다. 당근 추출물의 향은 망고 향과 비슷하다. 반면 당근의 향은 솔잎의 향과 비슷하다. 이야기가 옆길로 샜는데, 하여튼 당근은 내가 주목하는 재료다. 살구와 비슷한 향이 나는 당근의 향은 차 향이 나는 장미에서도 맡을 수 있다. 차 향이 나는 장미는 19세기 초에 중국의 장미나무와 접붙인 결과다. 차 향이 나는 장미나무의 노란색은 카로틴 성분 때문이다. 카로틴은 햇빛과 닿으면 향이 발산된다. 당근과 살구가 이러한 원리로 향이 난다. 당근 씨앗을 한 봉지 사서 맡아보라. 지극히 평범한 방식이지만 자연 상태의 당근 씨앗과 당근 추출물의 향을 구분할 수 있다.

에드몽 루드니츠카는 당근의 장점을 제대로 이용했다. 당근 에센셜 오일을 향수를 만드는 데 쓴 것이다. 에드몽 루드니츠카가 당근 에센셜 오일을 아주 많이 사용해 만든 향수가 마르셀 로샤스Marcel Rochas의 '**로즈 드 로샤스**Rose de Rochas, 로샤스의 장미, 1949'다. 한편 나는 당근 추출물과 블랙커런트를 섞어 망고 향이 나는 향수를 만들었다. 에르메스에서 출시된 '**운 자르뎅 수르닐**Un jardin sur le Nil, 나일강의 정원, 2005'이 바로 그것이다.

# 육두구

# Myristica fragrans Houtt.

카샤렐Casharel은 향수 '**아나이스 아나이스**Anaïs Anaïs'가 성공하자 1981년 남성용 향수를 출시했다. 카샤렐이 내놓은 남성용 향수는 즉각 성공을 거두었다. 그러나 향을 맡아본 전문가들은 이런 평가를 내렸다.

"이것은 남성용 향수가 아니다."

'아나이스 아나이스'는 육두구 같은 향신료와 피망, 그리고 특유의 여성미로 꽃 중의 꽃으로 꼽히는 일랑일랑을 주요 재료로 사용해 섬의 향기를 표현한 향수였다.

요리에 쓰이는 향신료도 입속에서 금방 맛이 사라지는 것이 있고, 입 안에 오래 남는 것이 있다. 마찬가지로 향수에 사용되는 향신료도 차가운 것이 있고 따뜻한 것이 있다. 차가운 향신료는 후추 계통처럼 향이 잠깐 강하다가 옅어진다. 반면 따뜻한 향신료는 계피나 정향처럼 오랫동안 향이 남는다. 이들 재료는 입 안에서도 맛이 오래 간다. 향수를 위해 이러한 차이를 알아두는 것이 좋다.

육두구는 차가운 향신료와 따뜻한 향신료의 중간에 있다. 즉 입 안에서 맛이 아주 짧게도 아주 길게도 느껴지지 않는다. 육두구는 절대로 단독으로 사용되지 않고 계피와 고추, 정향과 함께 사용된다. 여기서 떠오르는 것은 네 가지 향신료를 섞어 만든 혼합 향신료다. 혼합 향신료를 구성하는 재료의 비율은 나라마다, 선호하는 기호에 따라 달라진다. 똑같이 네 가지 재료를 사용한 혼합 향신료라고 해도 프랑스와 영국, 독일, 이탈리아 등 재료의 배합은 나라마다 조금씩 다르다. 선호하는 맛이 다르기 때문이다.

맛과 향의 취향은 웬만해서는 달라지지 않는 보수적인 면이 있다. 혼합 향신료는 여성 향수와 남성 향수에 모두 사용된다. 향은 남녀를 따로 나누지 않는다는 뜻이다. 그러나 향에 성별이 있느냐의 여부는 전문가들 사이에서도 의견이 분분하다.

육두구와 고추, 정향이 블렌딩되어 만들어진 향수로는 '**무슈 로샤스** Monsieur Rochas, 로샤스 씨, 1969' 그리고 에르메스의 '**에뀌빠쥬**Équipage, 그룹, 1970'가 있다. 두 향수는 사용된 재료들이 똑같다. 육두구와 정향, 계피, 바닐라가 블렌딩된 향수로는 입생로랑의 '**오피움**Opium, 아편, 1977'이 있다. 이 네 가지 재료를 사용하면 관능적이면서 신비로운 동양미를 표현할 수 있어서 그야말로 섹시하면서도 따뜻하고 풍요로운 향수가 된다. '오피움'이 처음 프랑스에 출시되었을 때 광고판의 문구는 이러했다. "오피움, 입생로랑에 빠진 여성들을 위해."

육두구는 다른 향신료와 마찬가지로 원산지가 반다Banda제도다. 반다제도는 인도네시아 말루쿠 제도에 속한 작은 화산섬들로 이루어진 열도다. 육두구는 피라미드처럼 생긴 멋진 나무로 높이는 약 10~15미터에 이른다. 육두구의 잎은 단단하고 짙은 녹색으로, 윗면은 반짝이고 아랫면은 은빛이 감돈다. 암수딴그루 나무여서 같은 나무여도 암꽃만 피거나 수꽃만 핀다. 열매는 크기와 모양만 보면 호두나무의 열매와 비슷하지만 색은 연노란색을 띤다. 육두구 열매는 잘 익으면 스스로 벌어지면서 씨앗을 보이는데, 과육 하나마다 씨앗은 하나뿐이며 색은 갈색이다. 바닥에 떨어진 육두구의 씨앗을 관찰하면 아름다운 붉은색의 반짝이는 얇은 껍질에 둘러싸여 있다. 육두구의 씨앗은 건조 과정을 거치면 씨앗을 흔들 때 방울 소리가 난다. 이때가 씨앗의 껍질을 벗겨야 하는 순간이다. 껍질을 벗기면 비로소 갈색 육두구가 모습을 드러낸다. 육두구의 씨앗은 건조되어 그 이름 그대로 판매된다. 요즘 육두구의 최대 생산지는 과테말라와 인도, 네팔 그리고 인도네시아다.

# 후추

# Piper nigrum

향수 제조 공장에서 유수분리기인 에센스통(플로렌스 항아리)은 냉각 장치의 출구 부분에 놓여 있다. 에센스통은 끓는 물의 증기를 이용해 원료를 가열하여 휘발성 향 화합물인 에센셜 오일과 증기를 분리시키는 장치다. 제조 공장을 찾은 이유는 백후추의 에센셜 오일을 최종적으로 추출하기 위해서다.

2주 전부터 총 스물다섯 대의 증류기 중 열 대를 이용해 백후추를 증류하는 작업을 하고 있다. 가장 작은 증류기는 500리터가 들어가고, 가장 큰 증류기는 2,000리터가 들어간다. 매일 후추 열매가 담긴 자루 두 개 분량을 각각 아침과 오후에 처리한다. 가장 시간이 오래 걸리고 손이 많이 가는 작업은 자루를 열어 후추 열매를 깨끗이 씻는 일이다. 세척을 할 땐 수영복을 입고 아쿠아슈즈를 신은 다음 호스를 손에 들고 탱크 안으로 들어간다. 이렇게 단단히 준비해야 발에 화상을 입지 않을 수 있다.

세척 작업이 끝나면 탱크 안에 씻은 후추 열매 100킬로그램을 채워 넣

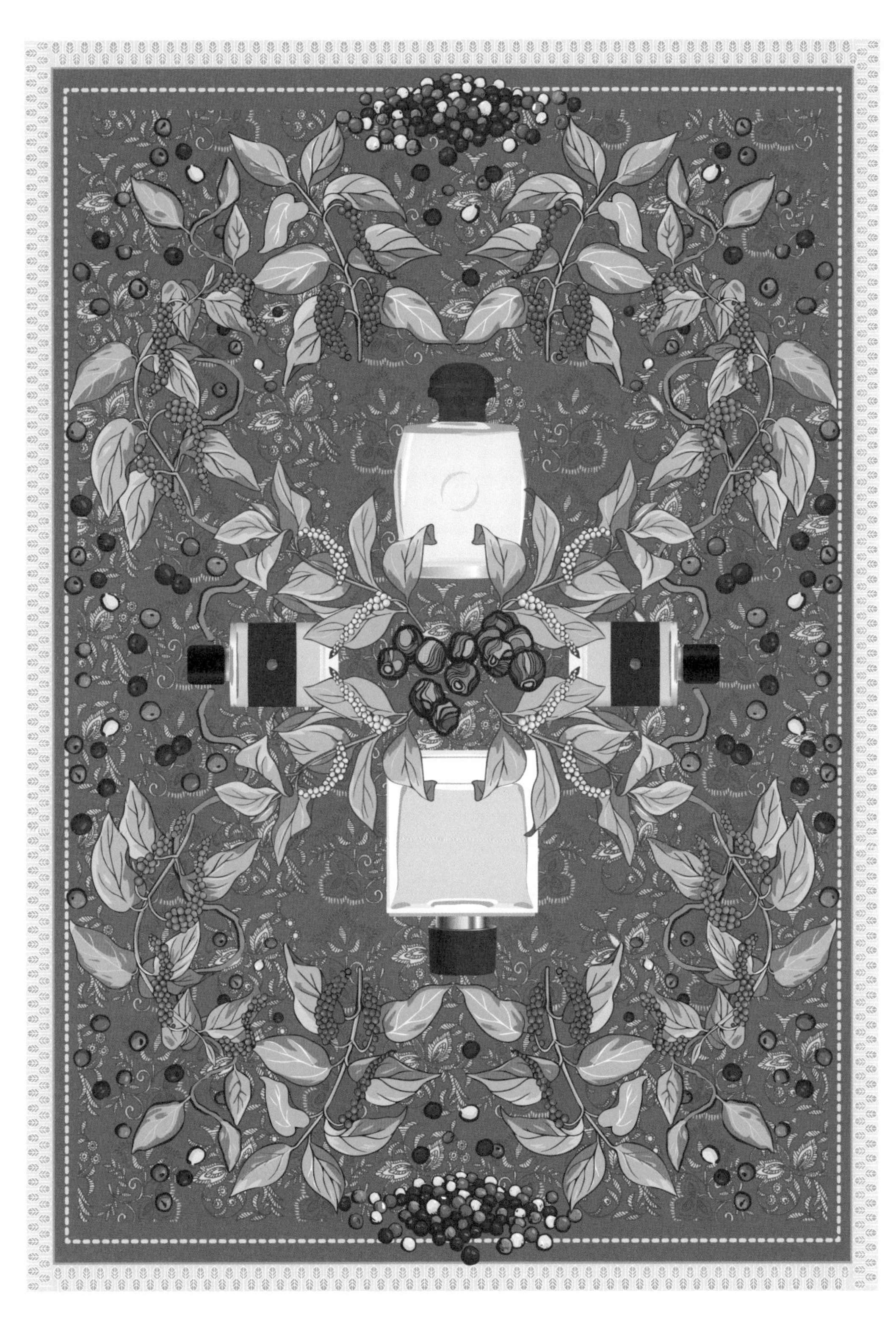

고 찬물을 그 두 배인 200킬로그램을 부은 후 증류기를 닫는다. 증류기의 아랫부분은 아직 열기가 남아 있는데, 뜨거운 수증기를 보내면 증류기 안의 물이 끓어올라 온도가 100도를 훌쩍 넘긴다. 처음에는 증류기에서 규칙적으로 '칙칙' 소리가 나다가 이내 '부글부글' 소리로 바뀐다. 수증기가 힘을 받아 내는 소리다.

마침내 구불구불한 냉각 장치에서 가느다란 물줄기가 나오면 에센스통은 곧 미지근한 물로 가득 찬다. 물 위로는 오일이 둥근 모양으로 동동 뜨는데 그 두께는 손목시계의 유리판 정도다. 에센스통 아래로 물이 흘러나오면 수증기의 압력을 조절해야 하는 까다로운 순간이 찾아온다. 압력계는 더 이상 작동하지 않은 지 오래다. 보호 유리판에는 금이 가 있고 바늘은 눈금 0에 멈춰 있다. 물줄기는 너무 굵어도, 너무 가늘어도 안 된다. 30분 후, 에센스통에는 맨 먼저 추출된 오일 100그램이 담긴다. 나는 그 오일을 비어 있는 다른 에센스통에 붓는다. 후추 열매의 품질에 따라 증류기마다 에센셜 오일 1~2킬로그램이 추출된다.

예전에 공장에서 일했을 때는 여러 열매, 그중에서도 후추 열매를 증류하는 일을 직접 했다. 후추 열매 에센스 중에서 내가 가장 좋아했던 것은 백후추 에센스였다. 백후추는 흑후추의 첫 번째 껍질을 벗긴 것이다. 껍질이 벗겨져 백후추 열매가 되면 야생동물들의 냄새, 심지어 배설물 비슷한 냄새가 난다. 백후추에서 처음 나는 냄새가 배설물 냄새라니 충격적이겠지만 이 구린내가 오히려 향수를 뜨겁고 관능적이며 부드럽게 만든다. 이렇게 만들어진 향수는 후추 열매 냄새보다 더 매혹적이다.

흑후추는 계피와 함께 인도에서 나는 가장 유명하고 오래된 향신료다. 중세 시대에 흑후추는 가장 비싼 향신료여서 후추로 세금을 거두기도 했고, 무역 때 화폐로 쓰기도 했다. 당시에는 화폐가 흔치 않았기에 후추를 많이 가지고 있을수록 부자였다.

바스쿠 다가마가 16세기 초에 남아프리카 희망봉을 거쳐 인도로 가는 인도 항로를 개척하는 데 성공하면서 후추 가격은 더 올랐다. 그때까지 자연 상태에서 수확되던 후추는 이제 재배가 가능해졌다. 덩굴식물인 후추나무는 송악과 마찬가지로 뿌리가 돌출형이어서 땅에 단단히 고정되고 나무들을 타고 위로 올라갈 수 있다. 한번 나무를 타면 덩굴은 수 미터 높이까지 자랄 수 있다. 잎사귀도 적어서 나무는 덩굴들의 버팀목 역할을 한다. 꽃송이는 길이 약 10센티미터 전후로 이삭처럼 생겼다. 이 후추나무 꽃에서 열매가 열리는데, 후추 열매는 처음엔 초록색이었다가 붉은색, 이어서 노란색으로 색이 변한다. 후추 열매가 노란색이 되면 수확을 해서 말린다. 건조를 거친 후추 열매는 검은색으로 바뀌고 쪼그라들면서 우리가 아는 후추 알갱이가 된다.

인도 남서단에 있는 케랄라Kerala를 여행했을 때 후추 열매가 초록색이었다가 붉은색으로, 이어서 노란색으로 변한 것을 봤던 기억이 있다. 신기했던 나는 인도에서는 후추 열매를 보통 어떻게 먹느냐고 질문했다. 인도인들은 후추 열매가 녹색일 때 소금에 절여 망고나 요리에 향을 더하는 향신료로 사용한다고 했다. 후추 열매가 노란색일 때 수확해 말려서 사용한다는 대답도 들었다. 후추 열매 일부는 백후추로 변한다.

또 다른 후추 덩굴식물이 재배되는 나라는 인도네시아다. 인도네시아에서는 주로 큐베브 후추*Piper cubeba*를 재배하는데, 열매에 달린 꼭지 때문에 이런 이름이 붙었다. 큐베브 후추 열매는 흑후추 열매와 모양은 비슷하지만 맛이 덜 달콤해서 요리에 자주 쓰인다. 또 비용이 상대적으로 저렴해 향수 업계에서는 흑후추 대용으로 사용한다. 현재의 일반적인 분석 방식으로는 큐베브 후추와 흑후추를 구분할 수 없다.

후추에 대해 글을 쓰는 동안 클로드 레비스트로스Claude Lévi-Strauss가 《슬픈 열대*Tristes tropiques*》에 썼던 글이 떠올랐다. "예전에는 사람들이 서인도 제도에서 목숨을 걸었다 (…) 지금 생각해보면 그리 대단치 않은 것을 가져오기 위해서였다. 후추가 대표적이다. 앙리 4세 시대에는 후추의 인기가 얼마나 광적이었던지 궁정에서는 통 속에 간식으로 먹을 후추 열매들을 넣어놓기도 했다. 혀끝을 얼얼하게 만드는 후추가 밋밋한 맛에 길들여진 문명의 감각을 새롭게 일깨운 것이다."

역사는 반복되기 마련이다. 셰프들이 전부 여행을 즐기는 것은 아니지만 프랑스의 헝지스국제도매시장은 새로운 재료와 맛에 목마른 사람들이라면 한 번쯤 찾는 보물 창고 같은 곳이다. 조향사들 역시 셰프들처럼 이곳에서 인기 있는 새로운 재료들을 향수에 접목시킨다. 페퍼로사Schinus terebinthifolius가 대표적이다. 후추 대용으로 사용되는 페퍼로사는 '핑크 열매'라고도 불리는데, 남아프리카가 원산지다. 페퍼로사가 향수 재료로 처음 사용된 것은 1995년 에스티로더Estée Lauder가 출시한 '**플레져**Pleasures, 쾌락'다. 강렬한 향의 페퍼로사를 사용한 이 향수는 도도한 이미지를 풍긴다. 나도 이러한 이유로 10년 후 페퍼로사를 사용해 향수 '**떼르 데르메스**'를 만들었다.

2019년, 새로운 후추가 또다시 등장했다. 네팔이 원산지인 티뮤트 후추Zanthoxylum armatum다. 3년 전, 올리비에 롤링거를 만났을 때 그가 티뮤트 후추를 보여준 적이 있다. 그때가 내가 티뮤트 후추를 난생처음 본 순간이다. 티뮤트 후추는 자몽, 패션프루트와 비슷한 향이 나는데, 그 향이 어찌나 매력적이던지 나는 올리비에에게 티뮤트 후추 1킬로그램을 얻을 수 있겠느냐고 부탁해야 했다. 그렇게 받은 티뮤트 후추를 증류 전문가인 친구에게 전달했다. 증류 결과는 기대한 대로 근사했다. 이후에 티뮤트 후추 에센셜 오일은 믿을 만한 공급 업체가 생겨 시중에 나왔다. 동시에 프레데릭 말이 같은 해 가을에 티뮤트 후추를 사용한 향수 '**로즈 앤 뀌흐**Rose & Cuir'를 출시했다.

# 통카콩

# Dipteryx odorata

통카란 이름은 짧지만 꽤 멋지게 들린다. 통카는 쿠마루나무의 열매로 잠두콩처럼 생겼다. 통카는 콩 이름이다. 쿠마루나무는 주로 브라질과 베네수엘라, 남아메리카 북동부의 대서양 연안 지방인 기아나Guiana에 서식하며 높이는 25미터까지 자랄 수 있다.

붉은색의 단단한 나무 쿠마루는 테라스의 바닥이나 가구를 제작하는 데 사용된다. 쿠마루나무의 잎사귀는 짙은 녹색으로 반짝여서 자칫 촌스러워 보인다. 꽃은 나비 모양으로 처음에는 흰색이었다가 점차 분홍색으로 변한다. 꽃이 분홍색이 되면 열매가 열리고, 열매는 충분히 익으면 땅에 떨어진다. 잘 익은 열매는 말린 다음 쪼개서 콩을 얻는데, 콩 역시 건조 과정을 거친 후 요리용 향신료로 판매된다. 통카콩은 요리용 외에도 마대 자루에 담겨 전 세계로 수출된다. 앱솔루트를 생산하기 위해서다. 통카콩의 앱솔루트는 건초와 담배, 캐러멜, 피스타치오가 섞인 특유의 부드러운 향으로 조향사와 담배 회사들이 특히 선호하는 재료다.

나무의 이름인 '쿠마루'는 1820년 통카콩의 냄새가 나는 성분 쿠마린coumarin을 식별한 후 붙여졌고, 1868년에는 혈액응고제를 제조하는 데 쿠마린이 합성 전구체로 사용되면서 약 제품에 최초로 표기되었다(항응고제로 유명한 와파린의 주요 성분에는 쿠마린이 적혀 있다). 통카콩과 일랑일랑, 바닐라, 파촐리, 베티베르같이 오늘날 우리에게 아주 익숙한 수많은 천연 에센셜 오일은 거의 19세기 말에 발견되고 발명된 것이다.

브랜드 우비강Houbigant의 조향사 폴 파르케Paul Parquet가 1882년에 처음으로 쿠마린을 사용해 향수 '**푸제르 로얄**Fougère royale'을 만들었다. 쿠마린은 통카콩에서 추출되지는 않지만 통카콩의 방향 성분으로 알려져 있다. 미량이지만 통카콩뿐 아니라 건초, 라벤더와 과반딘, 그리고 바닐라 종류 같은 여러 식물에서도 발견되는 화합물로 향수를 만들 때 향료로 가장 많이 사용되고 있다.

폴 파르케는 쿠마린을 사용하는 데 그치지 않고 푸제르(양치류) 계열 향을 발명했다. 쿠마린에 라벤더, 참나무 이끼, 베르가못을 블렌딩해 발명한 향이다. 이렇게 새롭게 발명된 향은 바로 성공했다. '푸제르 로얄'은 에메 겔랑에게 영감을 주었다. 에메 겔랑은 바닐린을 첨가해 향수 '**지키**Jicky, 1889'를 만들었다. 역시 푸제르 계열 향수다. 조향사들 사이에서는 이미 경쟁이 치열하다. 나는 통카콩 앱솔루트에 참깨 앱솔루트를 섞어 향수 '**베티베르 통카**Vétiver Tonka, 2004'를 만들었다. 이런 배합은 투박한 향에 부드러움과 따뜻함을 더할 수 있다.

# 바닐라

# Vanilla planifolia

"향이 만들어내는 묘한 음악 속에서 항상 반복되는 악상은 바닐라의 부드러움과 난초의 날카로움을 누른다. 이것은 은근 관능적으로 스며드는 인간의 냄새, 아침이 되면 젊은 신혼부부의 닫힌 방에서 나오는 사랑의 냄새다."

— 에밀 졸라, 《쟁탈전*La Curée*》, 1895

19세기 말 꽃봉오리가 우아하고 아름다운 치자나무나 난초 다발은 사회 계급이 높은 사람들 사이에서 인기였다. 꽃은 패션 업계와 향수 업계의 모든 분야를 장악했다. 재킷 주머니, 레이스, 리본, 장갑에 꽃 향이 풍기는 향수를 뿌리는 것은 그럴듯해 보이지만 몸에 직접 향수를 뿌리는 것은 거리의 여자들이나 하는 행동으로 보았다. 남자들은 머리카락을 고정하고 콧수염을 부드럽게 하기 위해 바닐라 향 포마드를 사용했다. 향이 어찌나 강하던지 고개를 저절로 돌릴 정도였다.

열정이 살아 있는 벨에포크 시대에는 앞날이 풍족해질 것이란 믿음에 힘입어 경제가 성장하고 연구 또한 활발하게 이루어졌다. 지금의 향수 업계는 당시의 화학 연구에 힘입어 탄생한 것이다. 독일의 화학자 빌헤름 하르만과 페르디난드 티만은 '바닐린'이란 합성 화합물을 발명했다. 바닐린은 소나무의 성장 조직에 있는 코니페린coniférin 물질에서 만들어진 것이다. 두 사람은 발명한 바닐린에 자신감이 넘쳐 특허를 등록했고 넓은 숲을 사들였다. 그리고 독일 니더작센주에 위치한 작은 농촌 마을 홀츠민덴Holzminden에 공장을 지었다. 화합물을 만드는 공장이 1876년에 세워지면서 소나무는 더 이상 채취되지 않았다. 두 사람이 사들인 숲은 큰 훼손 없이 그대로 방치되어 아름다운 자연을 이루는 풍경이 되었다.

1880년에 바닐린은 킬로그램당 300유로에 팔렸다. 반면 천연 바닐라는 현재 시가로 5유로도 안 되는 가격이었다(참고로 당시 빵 가격은 0.1유로 미만이었다). 에메 겔랑은 바닐린을 사용해 1889년에 향수 '**지키**'를 만들었는데, 이 향수는 지금도 겔랑에서 판매 중이다. 에메 겔랑은 전통적인 향수 제조 방식을 따르지 않고 새로운 향수 제조 방식을 발명했다. 자연과 꽃향기를 모방해 재현하는 기존 향수 방식에서 벗어나려 한 것이다. 그 대신 감정과 감각을 만들어내는 향수 방식을 추구했다.

천연 재료를 쓰지 않고 화학을 활용해
향수를 만들려면 과감함이 필요했다.
하지만 향수 '지키'에는 여전히
천연 바닐라의 흔적이 남아 있다.
일반 사람들은 잘 모르겠지만 말이다.
사람들이 눈치채지 못한다는 것은
변화가 현명하게 이루어졌다는 뜻이다.

향수 '지키'는 여자들에게는 외면을 받았지만 남자들에게는 환영을 받았다. 라벤더 향이 남자들의 흥미를 끈 것이다. 1925년에 겔랑에서 출시된 향수 '**샬리마**Shalimar'는 바닐라와 베르가못, 자작나무 타르를 섞은 것으로 향수의 걸작 중 하나로 평가받는다.

바닐라는 서구에 가장 늦게 들어온 향신료 중 하나다. 1516년에 멕시코에 도착한 에스파냐 사람들이 발견한 바닐라는 당시 아즈텍 사람들이 음료에 넣어 많이 마셨다. 초콜릿으로 만든 음료로 아즈텍 사람들은 설탕 대신 고추를 첨가했다. 에스파냐 사람들은 바닐라 열매의 모양이 칼집 혹은 봉투와 닮았다고 해서 '칼집'이라는 뜻의 '바이나Vaina'라고 불렀다. 이것이 훗날 '바닐라'라는 이름이 된 것이다. 바닐라는 이탈리아어로는 '바니글리아Vaniglia'이고 프랑스어로는 '바니유Vanille'라고 한다.

바닐라 열매를 만드는 난초과 식물은 습한 열대 숲속에서 자란다. 난초과 식물은 뿌리가 떠 있어 나무들을 쉽게 타고 올라갈 수 있다. 오늘날 많은 난초과 식물이 타이티와 뉴기니, 멕시코, 우간다, 뉴칼레도니아, 레위니옹섬, 코모로에서 발견되는데, 저마다 특유의 맛이 있어서 셰프들이 남다른 관심을 보인다.

바닐라의 향은 캐러멜, 훈제 나무,
버터, 피스타치오, 카카오, 건자두,
아니스, 감초가 섞인 향이다.
입 안을 행복하게 하는 향이지만
향수로 만들면 별 효과를 내지 못한다.

조향사들이 선호하는 바닐라는 주로 마다가스카르에서 생산된 것이다. 마다가스카르산 바닐라에는 다양한 방향 물질이 들어 있어 페놀 향이 은

은하게 나며, 하겐다즈 아이스크림의 맛을 내는 데도 사용된다.

전 세계에서 소비되는 바닐라 추출물은 약 2,500톤이다. 반면 전 세계에서 소비되는 바닐린 추출물은 1만 5,000톤이다. 바닐라 앱솔루트의 가격은 약 7,300유로이고 바닐린의 가격은 12유로다. 현재 전 세계에서 유통되는 바닐라의 최대 생산지는 인도네시아와 마다가스카르다.

“뿌리는 땅 속에서
식물의 혈관 역할을 하는 부분으로,
식물을 땅에 고정시켜
수분과 광물을 공급한다.”

—《라루스 백과사전》

# 뿌리

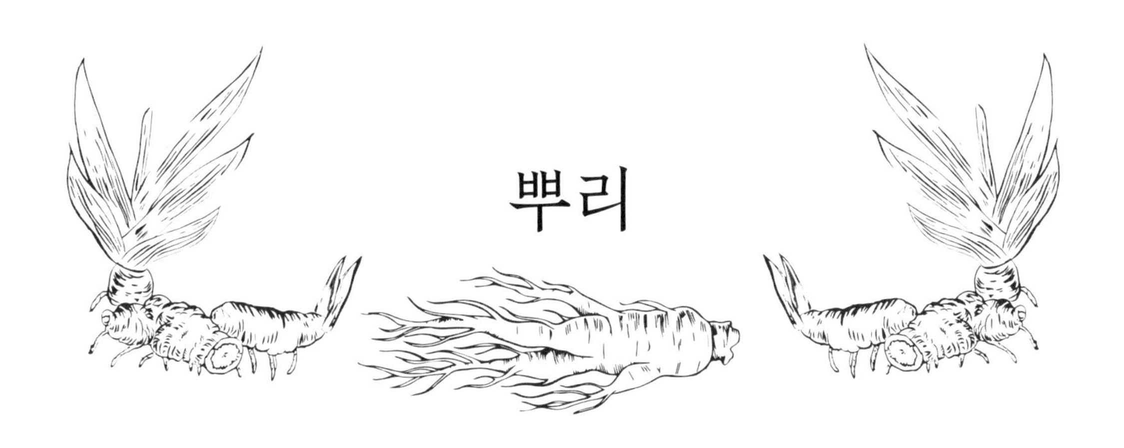

식물의 뿌리는 다양하게 활용된다. 약초로 쓰이기도 하고, 마법 같은 주술적 목적으로 사용되기도 하며, 더러는 최음제로도 쓰인다. 어떤 식물 뿌리는 사람들의 믿음이나 가문의 유산과도 연결된다.

# 안젤리카

# Angelica archangelica

"움푹 파인 길 주변에 난 이끼, 물푸레나무들이 길에 그늘을 만들었다. 물푸레나무들의 꼭대기에 있는 가벼운 가지들이 흔들렸다. 안젤리카, 민트, 라벤더에서는 뜨겁고 강한 향이 풍겨 나온다. 공기가 무거웠다."

— 귀스타브 플로베르Gustave Flaubert, 《부바르와 페퀴셰》, 1881

안젤리카는 나 혼자만 알고 싶다는 생각이 들 정도로 나는 이 향에 남다른 애정이 있다. 어릴 때 설탕에 졸여진 안젤리카 줄기를 맛보면서 나는 비누 맛을 떠올렸다. 그렇다고 내가 먹을 게 없을 때 비누를 먹었다는 얘기는 아니다. TV 만화영화 시리즈 〈달통 형제*The Daltons*〉의 캐릭터인 아브렐Avrell은 배가 고프면 비누를 먹지만 난 만화 주인공이 아니니까. 어쨌든 나는 안젤리카의 맛이 좋았다. 훗날 조향사가 되어서도 안젤리카의 향에 매력을 느꼈다.

신선한 풀 내음, 사향의 향과 비슷한 안젤리카의 향은 매력적이다. 여기서 말하는 사향은 동물의, 그러니까 피 냄새와 녹슨 듯한 냄새에 가까운 그런 향이 아니다. 그보다는 천연 안젤리카에 기반한 합성 화학물질에서 나는 향에 가깝다.

안젤리카를 이용한 향수는 '향수의 편집자'라 불리는 조향사 프레데릭 말의 의뢰로 내가 2000년에 만든 '**앙젤리끄 수 라 쁠뤼**Angélique sous la pluie, 빗속의 안젤리카'가 있다. 이 향수는 이름 덕에 출시되자마자 주목을 받았다. 사람들은 내가 세르잔느 골롱 부부가 1970년대에 써서 히트한 소설《천사의 후작 부인*La Marquise des Anges*》에 나오는 여주인공의 이름에서 영감을 받아 향수 이름을 지었다고 생각했다. 하지만 전혀 아니었다. 향수 이름은 비가 내릴 때 안젤리카에서 나는 향기에서 영감을 받아 지은 것이었다.

향수 '앙젤리끄 수 라 쁠뤼'를 만들게 된 에피소드는 이렇다. 향수를 만들기 몇 달 전, 친구 장 프랑수아 라포르트Jean-François Laporte의 집에 간 적이 있다. 그는 1976년, 프랑스 니치 향수(소량 생산되는 고급 향수) 브랜드인 라티잔 파퓨머를 개척한 선구자적인 인물이다.

정원을 사랑했던 장 프랑수아는 나를 자연역사지구인 퓌제Puisaye 심장부에 있는 메지유Mézilles로 초대했다. 가을이었고, 비가 내리자 장 프랑수아가 연두색 레인코트, 연두색 방수모와 장화를 빌려주었다. 나는 레인코트와 방수모, 장화로 무장한 후 그가 수집한 다알리아들을 보았다. 프랑스 원예 컬렉션에 소개된 희귀한 종류의 다알리아들이었다. 조향사의 집에 이런 수집품이 있다니 놀라웠다. 다알리아는 모양도 색도 고급스러워 보였다. 그러나 안타깝게도 향은 나지 않았다. 그나마 느낄 수 있는 향도 상한 레몬처럼 그리 기분 좋은 향이 아니었다.

그 후로도 나는 장 프랑수아의 집에 초대받아 장미나무 컬렉션을 봤고, 온실에 가서는 독말풀의 향을 맡아보았다. 그가 독성이 있으니 조심하라고 주의를 준 독말풀의 향에는 실제로 마취 성분이 있었다. 바닐라와 담배 향이 섞인 듯한 냄새가 나는 일랑일랑의 향이 떠올랐다. 집 밖으로 나가니 안젤리카들이 보였다. 주변에는 쑥이 자라고 있었다. 안젤리카의 잎사귀 몇 장을 따서 손가락으로 비볐다.

그러자 합성 사향, 아이리스에
씁쓸한 리큐어가 섞인 것과 비슷한 향이 났다.
공기가 습하다 보니
향이 더 강하게 느껴졌다.
안젤리카와의 만남으로
향수 '앙젤리끄 수 라 쁠뤼'가 탄생한 것이다.

향수에서 사용하는 재료는 대부분 남쪽 지역이 원산지다. 북쪽 지역에서 자라는 식물들은 날씨가 추워서 향을 풍기는 능력이 마비된 듯 거의 향이 나지 않는다. 특히 향수를 제조할 때 식물의 뿌리가 재료로 사용되는 일은 거의 없다. 안젤리카는 높이가 2미터에 이르는 아름다운 장식용 식물이다. 녹색 꽃들이 모여 있는 모습이 마치 커다란 양산 같다. 꽃들이 성숙하면 씨앗을 얻을 수 있다.

북유럽이 원산지인 안젤리카가 프랑스에 처음 모습을 드러낸 것은 중세 시대였다. 수도원 정원에 핀 안젤리카는 쓸모가 많은 식물이었다. 수도사들은 안젤리카를 꺾어다가 베네딕틴과 샤르트르, 압생트와 같은 리큐어를 만들었다. 특히 안젤리카는 줄기 졸임으로 유명하다. 안젤리카 줄기 졸임은 프랑스 서부 도시 니오르Niort의 특산품이기도 하다.

안젤리카에서 추출되는 에센셜 오일은 두 가지인데, 하나는 안젤리카의 뿌리를 증류해 추출한 오일이고, 또 하나는 안젤리카의 씨앗에서 추출한 오일이다. 나는 개인적으로 안젤리카의 뿌리에서 추출한 에센셜 오일을 더 선호한다. 뿌리에서 추출된 에센셜 오일의 향에서는 진중하면서도 고귀한 품격 같은 게 느껴진다. 아이리스 버터나 베티베르의 향하고도 비슷하다. 마치 땅이 뿌리에 신비로운 기운을 불어넣은 것처럼 말이다.

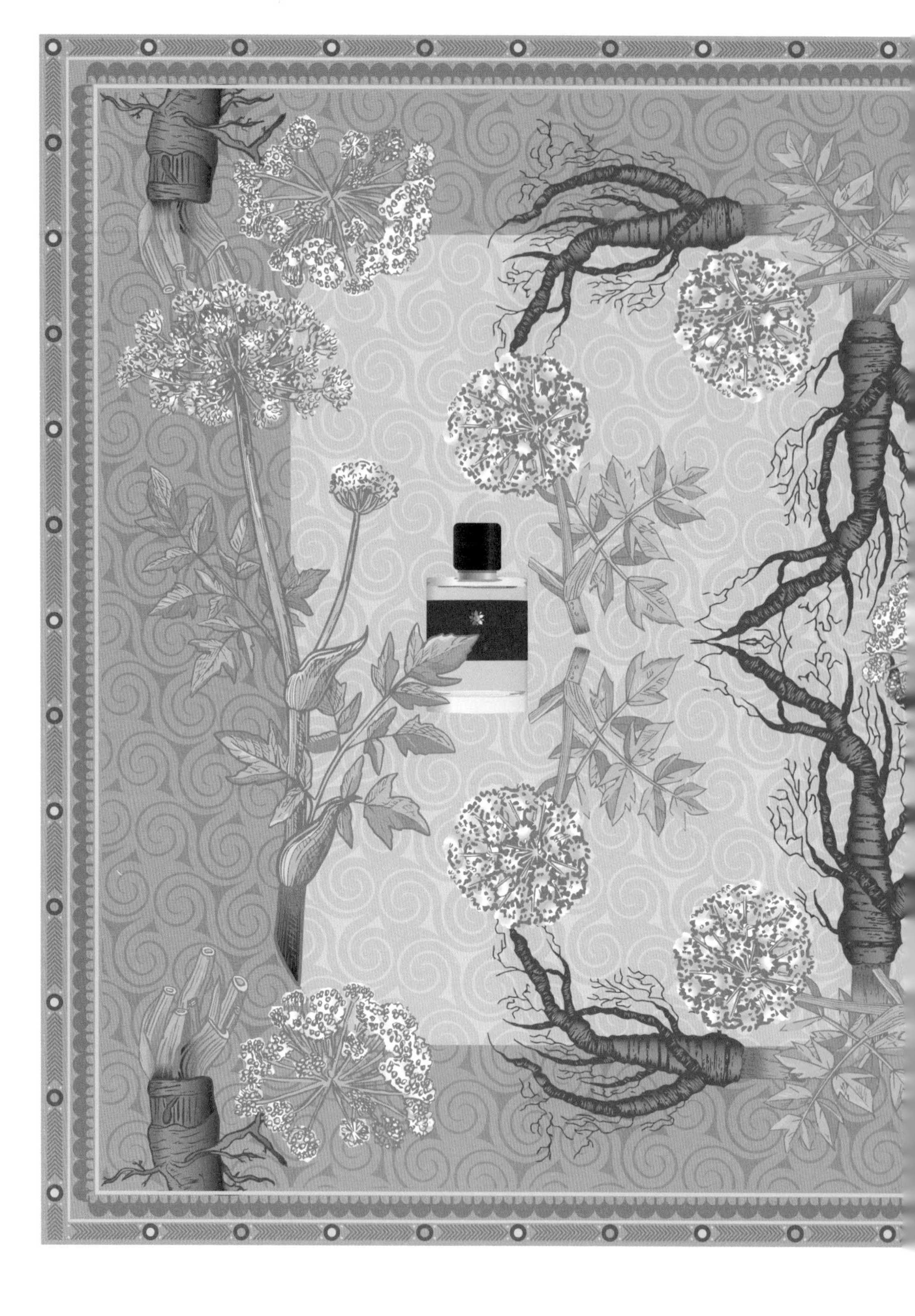

# 아이리스

# Iris sanguinea

도쿄나 뉴욕의 미술관에 가면 일본 화가 오가타 고린尾形光琳의 붓꽃(아이리스) 병풍을 꼭 보라고 권하곤 한다. 도쿄에 있는 〈연자화도병풍燕子花圖屏風〉의 '연자화'는 청보라색을 띠는 제비붓꽃이다. 〈연자화도병풍〉은 황금색 바탕에 선명한 청보라색 꽃과 녹색 잎이 그려져 있는데, 제비붓꽃의 우아함이 절정에 달한 순간을 포착했다. 이 그림을 처음 보면 병풍 속 제비붓꽃이 보여주는 심플한 아름다움에 넋을 잃어 아무 말도 나오지 않을 것이다.

일본에서 붓꽃은 여러 가지 상징성을 지니고 있다. 특히 보호와 정화를 의미하는 붓꽃은 오래된 고택 지붕에서 볼 수 있는데, 붓꽃이 악령으로부터 집을 지켜준다고 믿고 있다. 붓꽃의 잎은 목욕탕 물을 정화할 때 사용된다.

빈센트 반 고흐Vincent Van Gogh가 그린 〈붓꽃-아이리스〉도 있다. 고흐의 그림 중에는 유난히 붓꽃을 화폭에 담은 작품이 많다. 그의 붓꽃 그림들은

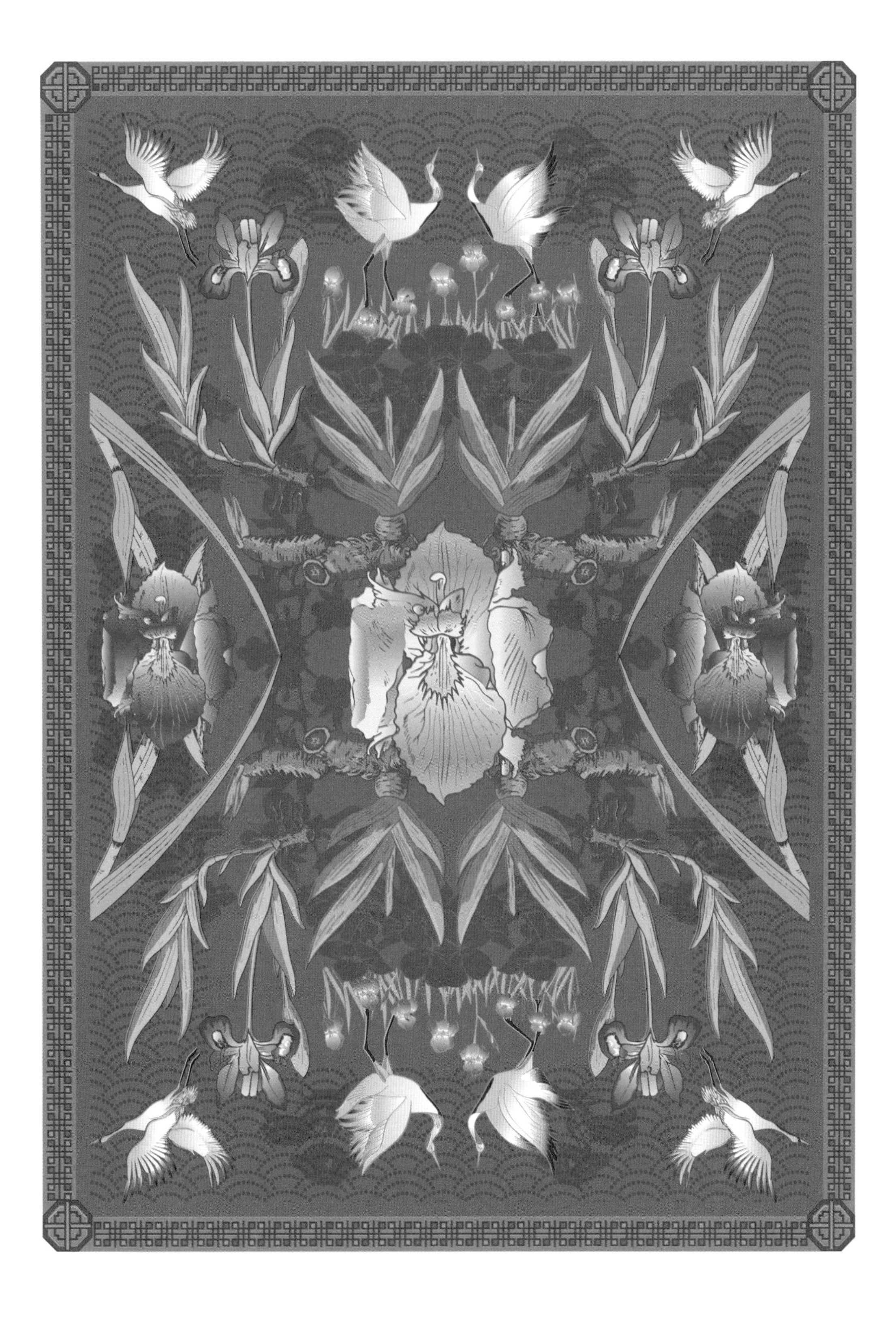

기본적으로 일본의 영향을 받았다고 평가되고 있다. 고흐는 오가타 고린의 병풍을 실제로 봤던 걸까? 그런 것 같지는 않다. 그보다 고흐는 쇼샤Chauchat 대로와 프로방스 대로에서 미술상 사뮈엘 빙Samuel Bing에게서 구입한 일본 채색 목판화 '우키요에浮世絵'를 통해 붓꽃 그림을 보지 않았을까 추정된다. 당시 사뮈엘 빙의 가게에서는 다양한 우키요에를 팔고 있었다. 예술가들은 우키요에가 표현하는 새로운 방식을 감상하기 위해 사뮈엘 빙의 미술품 가게로 몰려들었다. 일본어로 우키요에는 '덧없는 세상의 그림'이라는 뜻이다.

붓꽃은 '아이리스'라고도 불린다. 여기서 내가 언급하는 아이리스는 소위 영국 아이리스나 네덜란드 아이리스가 아니라 크로커스Crocus나 글라디올러스Gladiolus와 같은 구불구불한 모양에 늦겨울에 모든 꽃집에서 보이는 아이리스다. 다시 말해서 일본과 프로방스에서 5월에 피고 고흐가 화폭에 담은 구근류의 아이리스다. 프랑스 남부의 프로방스에서 이상적인 일본의 이미지를 찾는 데 성공한 고흐는 프로방스를 '제2의 일본'이라고 생각했다.

그런데 구근류의 아이리스는 네덜란드 아이리스만큼 오랫동안 피어 있기 때문에 명성 있는 꽃 판매 전문점이든 동네 꽃집이든 어디서든 흔하게 볼 수 있다. 구근류의 아이리스가 평범한 꽃으로 취급받아 아쉽기는 하지만 말이다. 구근류의 아이리스만큼 다양한 색상과 향을 선보이는 꽃을 나는 아직까지 본 적이 없다.

아이리스 애호가인 나는 3대째 프랑스 중북부 푸이레지앵Poilly-lez-Gien에서 아이리스를 수집하는 리샤르 카유Richard Cayeux의 매장에서 매년 새로운 품종을 주문한다. 아이리스의 장인이라고 할 수 있는 이곳 매장에서 시간이 지나도 잘 지지 않는 아이리스를 구입할 때 특히나 즐겁다. 다양한 종류의 아이리스를 집으로 데리고 오면 정원은 시간이 지날수록 무한히 새롭게 변신한다. 유행에 뒤처지지 않고 싶다는 이유로 해마다 신발을 새로 사고 이전에 산 신발을 밀어내는 것과는 다르다. 누구나 알다시피 지나치게 유행을 좇으면 오히려 촌스러워지는 법이다.

언젠가 푸이로 가서 직접 아이리스의 색을 고르기로 했다. 카탈로그 사진에서 특히 파란색은 아무리 사진작가들이 정성스럽게 촬영해도 실제 색상이 그대로 담기지 않는다. 그래서 나는 아이리스가 한창 필 때 직접 가서 보기로 했다. 선택의 가능성이 엄청나게 열려 있는 다양한 색상들을 실제 눈앞에서 보니 흥분되었다. 나는 들뜬 채로 600송이의 아이리스를 하나하나 직접 향을 맡아본 후 주문서에 향기의 특징을 각각 메모했다.

온통 파란색이라 '남쪽 바다'라 불리는 아이리스는 백합 향이 났다. 정확히 말하면 백합의 향과 플루메리아의 향이 섞인 향이었다. 황금색과 산딸기색이 섞인 '프리무스Frimousse' 아이리스에서는 바닐라 향이 났다. 파티시에에게 영감을 줄 수 있는 이름과 향을 지닌 아이리스다. '발 드 루아르Val de Loire' 아이리스는 귤 향이 났다. '루이 도르Louis d'Or'는 인동속 덩굴식물 향이 났다. 이외에도 초콜릿 향이 나는 아이리스, 오렌지꽃 향이 나는 아이리스도 있었다.

종류에 따라 제각각 다른 향이 났지만 나는 이 아이리스들의 공통점을 찾으려고 노력했다. 모든 만남이 그렇듯이 처음에는 가장 눈에 띄는 점, 가장 빛나는 점처럼 매력적인 특징만 보인다. 하지만 들뜬 마음을 내려놓고 조금만 거리를 두면 그때까지 느끼지 못했던 향을 맡을 수 있다. 작가 장 지오노는 "보이는 것의 이면"이라는 표현을 쓴 적이 있다. 내가 정말로 좋아하는 글귀다. 나는 이 표현을 내 나름대로 '외모, 거짓말, 전략 뒤에 숨어 있는 민낯'이라고 해석했다.

분명 아이리스에서 나는 향은 오렌지나무 꽃과 귤, 레몬, 바닐라, 초콜릿에서 나는 향과 비슷했다. 하지만 그 향 이면에는 대부분 차가운 꽃 향이 난다는 공통점이 있다. 관능적이기보다는 매우 우아한 향이다. 아이리스를 아이리스답게 만들어주는 특유의 향 말이다. 합성 화합물로 아이리스 향이 나는 향수를 만들려면 레몬과 바닐라, 오렌지나무 꽃을 사용하면 된다. 나는 2010년 에르메스에서 출시한 오드뚜왈렛의 이름을 '**아이리스 우키요에**Iris Ukiyoé, 우키요에 붓꽃'라고 지었다. 빈센트 반 고흐가 일본에 대해 품은 애정과 마찬가지로 나 역시 일본에 남다른 흥미가 있어서 생각해낸 향수 이름이다.

향수를 만들기 위해 아이리스에서 사용되는 부분은 꽃이 아니라 뿌리다. 이탈리아에서는 아이리스 팔리다Iris pallida, 프랑스와 모로코에서는 아이리스 게르마니카Iris Germanica로 불리는 구근류의 아이리스에서 채취한 뿌리가 향수 재료로 사용된다. 특히 모로코는 아이리스 게르마니카의 최대 생산지다. 아이리스 팔리다와 아이리스 게르마니카 같은 구근류의 아이리스는 모로코의 마라케시와 타로우단트Taroudant 사이에 있는 알우즈Al-Houz 지방에서 주로 재배되는데, 아이리스 버터를 만드는 재료로 사용되기도 한다.

사실 아이리스 버터는 에센셜 오일을 가리키는데, 차가워지면 마치 버터처럼 굳어서 '아이리스 버터'라는 이름이 붙여졌다. 아이리스에서 나온 고체 추출물은 콘크리트라고 불릴 때가 많다. 개인적으로는 콘크리트보다 버터라는 표현이 더 좋다. 실제로 아이리스 버터는 버터 향이 나기도 하고 버터처럼 쓰이고 있기 때문이다.

아이리스에서 채취한 뿌리는 3년에서 6년 정도 말린다. 이렇게 장기간 말리면 아이리스의 향료 성분이 높아진다. 아이리스 뿌리는 마르면 돌처럼 단단해지는데, 이렇게 딱딱해진 뿌리는 설탕처럼 작은 알갱이로 분쇄한다. 이렇게 분말 상태가 된 아이리스 뿌리는 증류를 할 수 있다. 아이리스 버터 2킬로그램을 얻으려면 아이리스의 뿌리 분말이 1,000킬로그램가

량 필요하다. 그래서 아이리스 버터의 가격은 골드바만큼 비싸다. 향수 가격도 마찬가지로 비싸다.

여기서 우리는 사람들이 가장 비싼 향수에서 매력을 느끼는 이유를 알 수 있다. 가격이 비싸기 때문에 가장 좋은 향수로 대접받는 것이다. 사실 아이리스의 향은 아름답지도, 그렇다고 추하지도 않다. 다만 조향사가 만든 스토리에 따라 이미지가 달라진다. 아이리스의 향은 꽃향기로 분류되지만, 실제로는 놀랍게도 꽃향이 나지 않는다. 설령 꽃향기가 조금 난다고 해도 아주 여린 제비꽃 향에 가깝다. 아이리스 버터는 땅에서 캐낸 뿌리로 만들어졌다는 것을 알리기라도 하듯 흙냄새가 난다. 아이리스 버터의 향을 맡아보면 버터 향이 약간 나긴 하지만 당근이 담긴 바구니에서 나는 향에 더 가깝다. 가을의 밤나무 길에서 나는 마른 흙냄새라고나 할까.

조향사 자크 겔랑Jacques Guerlain의 향수 '**아프레 롱데**Après l'ondée, 소나기가 내린 후에, 1906'는 베르가못을 블렌딩해 아이리스가 지닌 건조한 흙냄새를 위엄 있게 재현했다. 이름과 향이 절묘한 조화를 이룬 예다. 하지만 향수 '아프레 롱데'는 비판을 받을 때가 있다. 코티가 1905년에 출시한 향수 '**로리간**L'Origan'에서 영감을 받았기 때문에 아이리스 향보다는 제비꽃 향이 지나치게 강하다는 평가다.

코티는 화합물 중 '이오논'이라는 향료를 찾아냈다. 이오논은 1893년에 독일 화학자가 만든 것인데, 그는 코티에게 이것이 아이리스 향을 만드는 주요 성분이라고 소개했다. 하지만 그것은 화학자의 착각이었다. 이오논은 오히려 제비꽃 향이 났다(그리스어 이오노스ionos는 제비꽃을 뜻한다). 하지만 이오논은 당시에 엄청나게 인기를 끌었다. 프랑수아 코티François Coty가 이오논을 대중적으로 알리는 데 한몫했다. 그 결과 남성용 포마드는 제비꽃 향도 나고 멋진 색도 생겼다. 당시의 마케팅은 직관을 활용했다!

1971년, 앙리 로베르Henri Robert가 샤넬을 위해 만든 향수 '**넘버19**'는 아이리스를 많이 사용한 것이 특징이다. 하지만 이번에 앙리 로베르가 영감을 받은 향수는 조카인 기 로베르Guy Robert가 몇 년 전에 먼저 만든 '**마담 로샤스**Madame Rochas, 로샤스 부인'다. 나도 '아프레 롱데'에서 영감을 받아 2003년 프레데릭 말의 향수 '**로 디베**L'Eau d'Hiver, 겨울의 물'를 만들었다. 이 향수를 만들 때는 아이리스 대신 건초를 사용했다. 문학과 영화, 요리 등 모든 예술 분야와 마찬가지로 향수도 같은 소재를 다른 방식으로 재현한다.

# 베티베르

## Chrysopogon zizanioides

만남은 새로운 지식을 나누고 사람들에 대해 배울 수 있는 소중한 기회다. 2001년의 일이다. 당시 프랑스를 여행 중이던 말리의 영부인이 조향사를 만나고 싶다는 부탁을 했다. 말리의 영사관과 프랑스의 영사관은 회의를 열었다. 마침내 내가 말리의 영부인을 만나는 조향사로 선정되었다. 10월의 그라스, 날은 흐렸다. 말리에서 온 영부인이 경호원 두 명과 함께 그라스에 도착했다. 영부인은 화려한 노란색에 소매에는 녹색의 장식 줄이 달린 말리의 전통 의상을 입고 있었다. 영부인의 아름다움에 주눅이 들었다. 그녀는 키가 컸고 우아했다. 나는 영부인을 향수를 만드는 조향실로 초대하려 했으나 영부인은 그보다는 나와 향수에 대해 환담을 나누고 싶어 했다.

영부인은 프랑스 향수에 매우 관심이 많아서 향수에 들어가는 성분에 대해 전부 알고 싶다고 단도직입적으로 말했다. 영부인의 요청에 순간 당혹스러워진 나는 말리에서 향수가 어느 정도의 위치인지부터 물었다. 그러자 영부인은 말리어 '우술란wusulan'은 향수, 사물, 몸에 향이 나게 하는 훈증 요법을 뜻한다고 말해주었다. 훈증 요법이란 향로의 숯 위에 동물성 지방과 식물 뿌리, 수액, 나무, 시중에 파는 향수를 섞은 재료를 넣은 후 향로를 원하는 장소에 놓고 그 공간이나 혹은 빨랫줄에 걸린 옷에 향이 배도록 하는 방식이다. 그러나 대부분의 여성들은 향기로운 연기가 몸에 잘 스며들도록 하기 위해 길고 헐렁한 아프리카 전통옷 '부부boubou'를 향로 위에 걸어놓는다고 한다.

말리의 문화에서 향은 전통적으로 여성들의 전유물이다. 그래서 여성마다 나름의 향수를 만드는 비법이 있다. 향수 제조의 주체인 셈이다. 향수는 만드는 과정이 복잡하고 시간도 오래 걸려서 그만큼 가치 있게 대접받는다. 사용되는 재료 중에서는 베티베르가 중요한 역할을 한다. 베티베르는 말리에서 잠자리 기술을 높여주는 만병통치약으로 여겨지기 때문이다. 어느 정도냐면 말리 여성들은 베티베르를 말려서 동그란 약처럼 만든 후 물에 넣어 끓여서 차처럼 많이 마신다. 그러면 잠자리를 하는 동안에 피부에서 은은한 향기가 난다고 한다.

영부인과 이야기를 하면서 또 하나 알게 된 사실이 있다. 말리에서 사용되는 프랑스 향수 중 1921년에 출시된 몰리나르Molinard의 '**아바니타**Habanita'가 특히 인기 많은 향수에 속한다는 것이다. 향수를 만드는 배합법은 비밀에 붙여지기 때문에 말리 여성들은 '아바니타'에 베티베르가 30퍼센트 이상 함유되어 있다는 것까지는 모를 듯했다. 어쨌든 말리 여성들은 달착지근하고 기분 좋아지는 이 향수를 선호했다.

베티베르. 이 단어를 발음하는 순간 남성을 위한 향일 것 같다는 말을 듣는다. 하지만 이에 대한 나의 대답은 '아니오'다. 향을 성별로 나누는 것은 향수 업계를 모르기 때문이다. 꽃 이름과 달리 향에는 남성형과 여성형이 따로 없다. 예를 들어 프랑스어에서 '재스민'이란 단어는 남성형이고, '장미'라는 단어는 여성형으로 쓰이지만, 베티베르의 향은 남성적인 향도 여성적인 향도 아니다.

프랑스어가 영어와 달리 단어를 굳이 남성형과 여성형으로 나눈 점은 아쉽다.

어렴풋이 기억하기로 베티베르가 들어간 여성용 향수 '아바니타'는 말리뿐만 아니라 미국에서도 오랫동안 인기가 많았다. 이 향수가 히트를 친 이유는 베티베르 덕분이다. 프랑스인에게 더욱 친숙한 향수 에르메스의 '**칼레쉬**Calèche, 사륜마차'에도 베티베르가 사용되었다. 조향사 기 로베르가 1960년에 만든 향수 '**마담 로샤스**'를 업그레이드한 것인데, 베티베르와 사이프러스를 사용해 나무 향을 높였다. 남성과 여성의 우아함을 최고로 강조하는 에르메스의 이미지에 걸맞게 진지하면서도 절제된 고품격의 향수다. 한편 장 폴 겔랑은 스무 살 때 남성용 향수 '**베티베르**Vétiver, 1959'를 만들었다. 장 폴 겔랑이 처음으로 만든 향수다.

가늘고 키가 큰 푸른 풀 무더기처럼 생긴 베티베르는 시선을 끌 만한 특별한 매력이 없다. 하지만 우리가 보지 못하는 베티베르의 장점은 바로 뿌리에 있다. 베티베르의 뿌리는 땅속에 깊이 박혀 있어서 경사면의 침식작용을 막아준다. 베티베르는 오랫동안 레위니옹섬과 아이티에서 재배되었으나 지금은 중국에서도 재배된다. 베티베르에서 나오는 에센셜 오일은 총 세 가지다. 레위니옹의 베티베르 에센셜 오일, 일명 부르봉 베티베르 에션셜 오일은 나무 냄새와 유황 냄새가 나는 것이 특징이다. 아이티의 베티베르 에세셜 오일도 냄새는 비슷하지만 풍부함과 느끼함은 덜하다. 중국의 베티베르 에센셜 오일은 사과 향이 진하게 난다. 이 때문에 중국의 베티베르 에센셜 오일은 조향사들이 그리 선호하지 않는다.

인도에서는 여름에 베티베르의 뿌리를 말려서 축축하게 적신 후 창가에 걸어 커튼처럼 사용한다. 이렇게 하면 뿌리 사이로 들어온 공기에 향이 배고 방 안을 시원하게 해준다. 그 외에도 베티베르는 부채와 테이블 매트를 만들 때도 사용한다. 목욕할 때 물에 향이 나도록 하기 위해 베티베르 조각을 넣기도 한다.

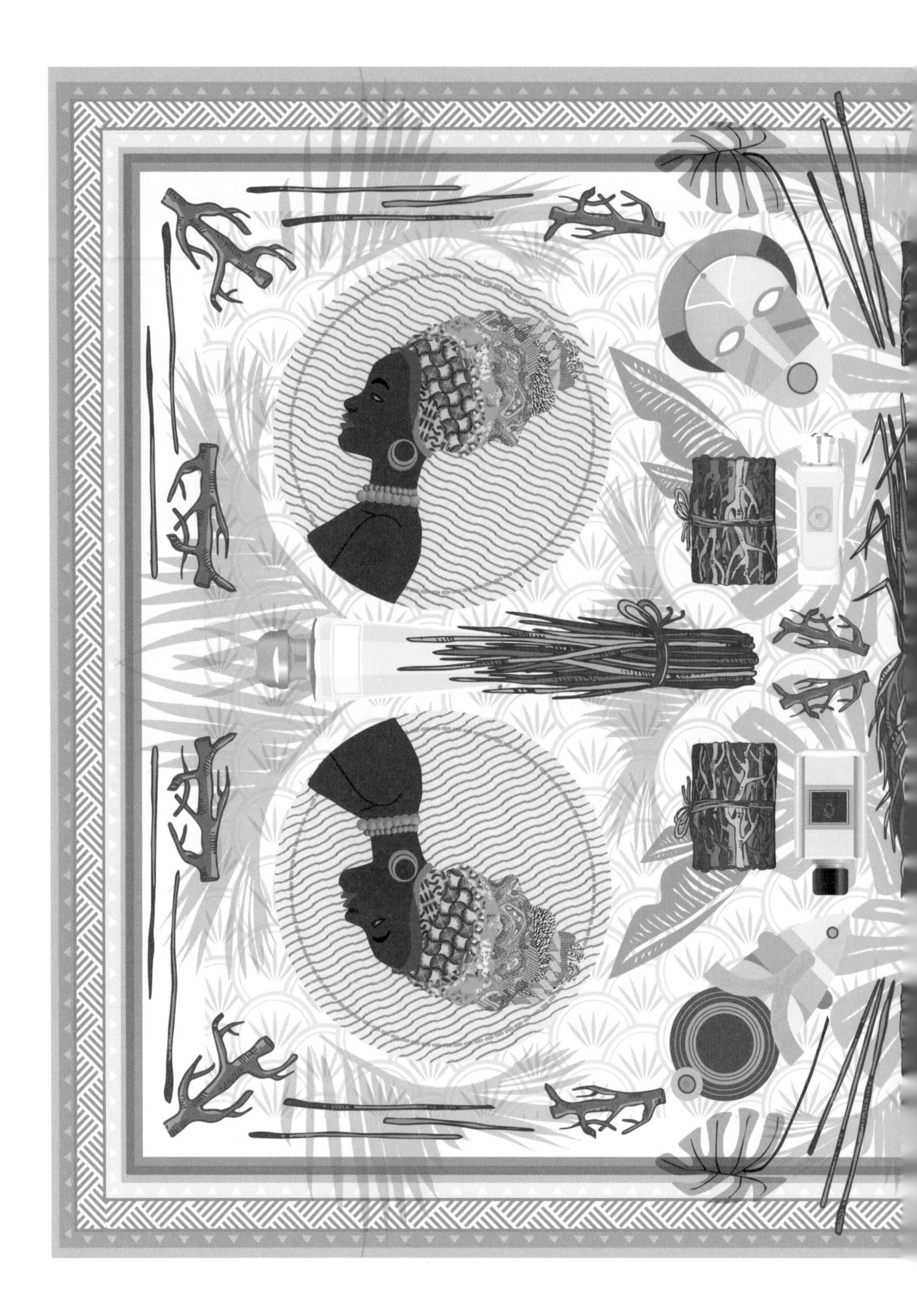

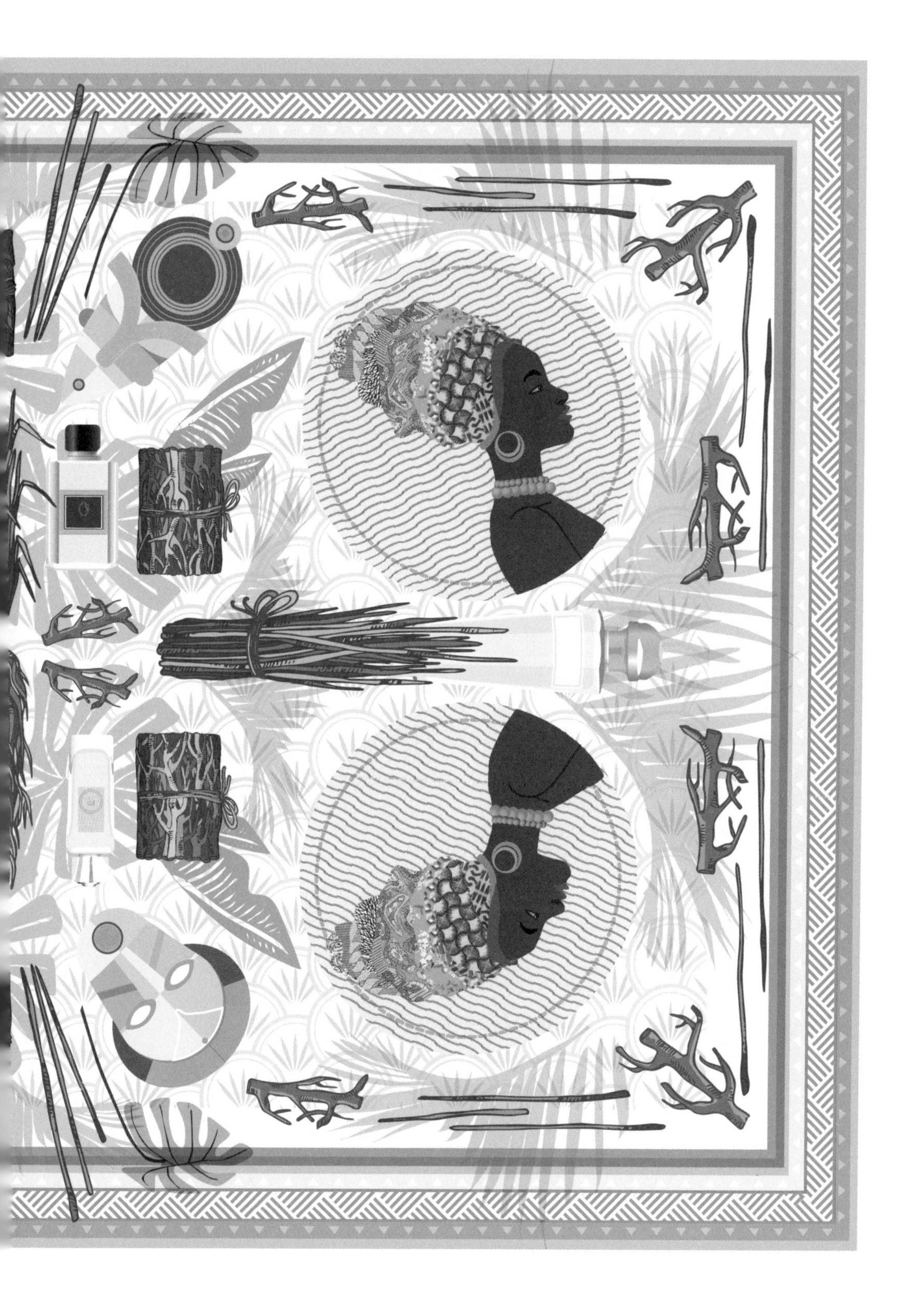

# 향수의 예술

조향사들이 화학물질이라고 부르는 것은 거의 대부분 19세기에 등장했다. 당시에는 이러한 화학물질에서 꽃향기도 나무 향기도 나지 않았다. 자연에서 나무와 나무껍질, 잎사귀, 종자, 수액, 뿌리를 통해 나오는 향은 화학물에서는 찾기 힘들었다. 그래서 자연의 향을 재현하기 위해서는 조합이 필요했다.

장미 추출물로 만들어진 앱솔루트는 장미 향이 나지만 장미 향만 들어가 있는 것은 아니다. 장미 앱솔루트의 향은 여러 조각의 퍼즐로 완성되었다(조향사들은 향 속에 여러 가지 특징이 한데 어우러져 있다고 표현한다). 장미 앱솔루트를 이루는 향료들은 각각 고유의 향이 있다. 꽃향이 나는 향료, 과일 향이 나는 향료, 차 향이 나는 향료, 초목 향이 나는 향료, 건초 향이 나는 향료, 축축한 풀잎 향이 나는 향료, 꿀 향이 나는 향료 등등. 이 같은 향료 퍼즐들이 모두 합쳐져 장미 향을 내는 것이다.

자연 상태의 재료에서는 다양한 향이 복합적으로 나지만, 화학물질은 그렇지 않다. 페닐에틸알코올이라는 화학물질은 이름만 들어서는 어떤 향도 상상이 되지 않는다. 오직 화학자나 조향사만 페닐에틸알코올이 어떤 향을 낼 수 있을지 상상할 수 있을 뿐이다. 프랑스 시인 폴 발레리는 이런 말을 즐겨 했다.

"직접 느끼는 것은 표현하기가 어렵기 때문에 그만큼 귀하다. 말로 제대로 표현하지 못하는 느낌일수록 깊이 발전시킬 수 있다."

향수 애호가들뿐만 아니라 조향사들까지 단어를 조합하듯 향을 조합해 자신만의 어휘를 만들고 싶다는 마음을 갖게 하는 멋진 말이다. 하지만 나는 여전히 방황하고 있다.

다시 페닐에틸알코올 이야기를 해보자. 페닐에틸알코올은 장미 외에는 어떤 그룹에도 속하지 않는 향을 지닌 일종의 퍼즐 조각이다. 이런 의미에서 매우 흥미로운 화학물질이다. 페닐에틸알코올은 장미와 은방울꽃, 라일락, 히아신스, 모란이 향을 낼 수 있게 돕는다. 정확히 말해 페닐에틸알코올을 선택한 향의 퍼즐과 만나게 하면 그 향의 퍼즐을 완성해준다. 페닐에틸알코올은 장미와 만나면 장미 향, 은방울꽃과 만나면 은방울꽃 향, 라일락과 만나면 라일락 향, 히아신스와 만나면 히아신스 향, 모란과 만나면 모란 향을 나름의 방식으로 만들어준다. 자연 속에서 나는 향과는 묘하게 다른 느낌의 향을 만들어주는 셈이다.

향수에 사용되는 화학물질의 최종 목표는 단순히 자연을 모방하는 것이 아니다. 천연 재료와 만나 자연을 다른 방식으로 표현해 새로운 향을 만드는 것이다. 천연 재료가 낼 수 있는 향이 수백 가지라면 화학물질이 낼 수 있는 향은 수천 가지다. 천연 재료와 화학물질이 어우러지면서 탄생한 것이 바로 향수라는 예술이다.

"향이 단어라면 향수는 문학이다."

— 장 클로드 엘레나

에르메스 조향사가 안내하는 향수 식물학의 세계

**향수가 된 식물들**

1판 1쇄 발행 2023년 8월 30일
1판 4쇄 발행 2024년 8월 19일

지은이. 장 클로드 엘레나
그린이. 카린 도어링 프로저
옮긴이. 이주영
기획편집. 김은영, 하선정
마케팅. 이운섭
디자인. 나침반

펴낸곳. 아멜리에북스
출판등록. 제2021-000301호
전화. 02-547-7425
팩스. 0505-333-7425
이메일. thmap@naver.com
블로그. blog.naver.com/thmap
인스타그램. @amelie__books

ISBN 979-11-976069-4-6 (03860)

·아멜리에.북스는 생각지도의 문학 브랜드입니다.

책값은 뒤표지에 있습니다.
잘못된 책은 구입하신 곳에서 교환해 드립니다.